Shetschew   Erlebnisse und Reflexionen eines Pygmalion

Gustav Kiepenheuer
Bücherei 79

Tontscho Shetschew
Erlebnisse und Reflexionen eines Pygmalion

Roman

1987
Gustav Kiepenheuer Verlag
Leipzig und Weimar

Originaltitel: Istorijata i teoriite na edin pigmalion
Aus dem Bulgarischen übertragen von Egon Hartmann

ISSN 0433-0153
ISBN 3-378-00159-3

Nein, endlich muß ich diese Geschichte erzählen, diese seltsamen, unwahrscheinlichen Worte und Gedanken, die unaufhörlich krakeelen oder an meinem Hirn nagen, wie Hunde aus meinem Kopf vertreiben. Sollen sie auseinanderstieben und sich in der Luft verflüchtigen, mögen sie über andere, gesündere Köpfe herfallen! Ich habe sagen hören, daß man sich von etwas befreit, wenn man davon erzählt. Anders ist meine Aufgabe, ich muß Geschichten und Worte anschaulich machen, in denen ein einziges Durcheinander herrscht, selbst im Ablauf der Zeit, so daß man nicht herausfinden kann, was vor dreitausend Jahren und was vorgestern geschehen ist, wie soll man da anschaulich sein!

Schließlich und endlich liegt das Leben vor mir, ich muß mein seelisches Gleichgewicht zurückerlangen, um arbeiten und leben zu können, wie ich es möchte und verstehe. Wie es aussieht, hat ebendas auch der schrullige Alte von mir erwartet, dem ich wie ein Karpfen an die Angel ging, der mich wie einen leeren Beutel mit seinen Phantasien vollstopfte, ohne zu fragen, wie ich sie tragen würde. Wozu sonst hätte er die Beichte vor einem Unbekannten gebraucht, diese Notizen eines Schiffbrüchigen, die er mir so vertrauensvoll hinterlassen hat und deren Sinn mir auch jetzt noch recht unklar ist?

Beichte sagte ich, doch ich zögere – war es die Improvisation eines großen Künstlers oder eine Botschaft, ein Vermächtnis für die anderen, die zu übermitteln er mich ausgesucht hat? Jedenfalls kann ich nicht leugnen, daß in seinem Ton etwas war, das wahrscheinlich nur bei einer Beichte anklingt, etwas Intimes und Schmerzliches, das ich bei meiner Unerfahrenheit kaum wiedergeben kann. Wenn aber zwanzig Tage lang diese Aufrichtigkeit Abend für Abend oder alle paar Abende hervorscheint und zunehmend Monotonie aufkommt, da sich das Lied wiederholt und allmählich aufdringlich wird, dann kann ich mich hin und wieder des Verdachts nicht erwehren, daß mir ein Mime etwas vorgespielt hat, ein Mystifikator, und diesen Berufsstand kenne ich zu gut, um ihm stets und alles zu glauben.

Unter dem Eindruck der Beerdigung des Alten, des Professors, beginne ich mit dem, was mir nicht nur etwas unglaubwürdig erscheint, sondern was ich in gewissem Sinn sogar hasse. Daß er gestorben war, erfuhr ich zufällig. Ich fühlte mich verpflichtet, hinzugehen, obgleich wir uns hier, in Sofia, nur noch zweimal begegnet waren und, befangen wie flüchtige Bekannte, unsere Begegnungen nicht nur nicht fortgesetzt, sondern auch kein Wort über unsere Entdeckungen an der fernen, fremden Küste verloren hatten. Wir versprachen, einander wieder anzurufen und uns zu treffen, doch schon hatte uns das Karussell des Alltags fortgerissen, und so war nichts daraus geworden.

Ich stand in dem geschmacklos hergerichteten Ritualsaal, wo das nicht eben prunkvolle Zivilritual der Beerdigung stattfand, und musterte die Leidtragenden ungeniert. Es waren nicht viele. Mein vom Film geschärfter Blick war schwer zu täuschen, so entdeckte ich niemanden in der Runde, der die Wahrheit sagen würde, nicht einmal mit Sicherheit einen, der soviel wußte, wie ich zufällig erfahren habe. Auf jeden Fall gewann ich die Überzeugung, daß wohl keiner von denen, die dort standen, die Wahrheit erzählen würde, auch wenn er sie kannte, war sie doch selbst mir unbequem, geschweige denn seinen Angehörigen. Unwiderlegbar blieb trotzdem nur das eine – er hatte die wenigen beschriebenen Seiten in dem Heft mir, dem ersten besten, hinterlassen und sie keinem von ihnen übergeben.

Dieses Begräbnis geht mir nicht aus dem Sinn. Ich bin kaum je auf einem Friedhof gewesen, alle meine Angehörigen sind gesund und munter, möge es noch lange so bleiben, ich wußte nicht und hatte noch nicht erlebt, wie ein Mensch in die Ewigkeit geleitet wird, und hatte nicht einmal geahnt, wie bekannt und prosaisch alles ist; im Kino hatte ich es gesehen, aber dort ist es etwas anderes. Die allernächsten Angehörigen des Professors schienen nur, weil es sich so gehörte, gekommen zu sein, lediglich zwei Männer – ein Mittelgroßer und ein Kleiner – sahen wirklich verwaist aus und hatten weder die Kraft dazustehen und zu schauen noch zu weinen. Es waren mehr Frauen unter den Anwesenden, manche von ihnen waren noch jung und fielen auf. Doch bei allem aufrichtig empfundenen Schmerz konnten alle nur mühsam ihre Erleichterung verhehlen. Der Verstorbene hatte sie anscheinend gehörig gepiesackt und gequält, auf jeden Fall mehr, als sie verdient zu haben meinten. Mir fiel auf, daß einige der Frauen sich abseits von den Angehörigen hielten, sie standen wie auf Kohlen und wagten sich nicht näher heran, als fürchteten sie, jemand könnte sie zur Seite führen und fragen, was sie hier suchten. Eine von ihnen beeindruckte mich tief, sie war ziemlich groß, nicht jung, aber auch noch nicht alt. Eine solche Haut muß Michelangelo berührt haben, als er den Marmor für seine Pietà am Eingang zum Petersdom in Rom aussuchte; ich habe sie auf einer Touristenreise gesehen. Diese leidtragende Frau stand ebenfalls ziemlich abseits, aber ich stellte mir vor, daß sie den Alten in den Armen hielt wie die Gottesmutter ihren zu Tode gequälten Sohn. Ohnehin erschien mir in den Armen dieser Maria Christus viel älter als seine Mutter.

Danach hallte in meinen Ohren noch lange das unheimliche Poltern der ersten Erdklumpen nach, die auf den Sargdeckel fielen. In diesem Augenblick wandte ich mich schroff ab und ging; in einer unerklärlichen Erregung warf ich mir zu Hause meinen gottlosen Zorn darüber vor, daß ausgerechnet ich, ohne es zu wollen, zum Sprachrohr der Meditationen des Alten am Meer geworden war. Ich wollte mir um jeden Preis Gewißheit verschaffen, daß er, weil er niemanden sonst hatte, vor mir den goldenen Hut aufgesetzt und sein Pfauenrad geschlagen hatte, um für die Welt und seine Umgebung bis zum Tod, bis ans Ende interessant zu sein ...

Wir waren mit einem Drehstab nach Zypern geflogen, wir sollten einen Werbestreifen für die Urlaubsorte auf Zypern und an unserer Schwarzmeerküste drehen, einen Touristenfilm, der zwischen einer bulgarischen und einer zypriotischen Firma vereinbart worden war. Diese Filme sind leichter und angenehmer zu machen, als anzusehen. Der Kameramann und ich, wir konnten uns nur mit Mühe das Lachen verbeißen, als wir die ernsten, tiefsinnigen Mienen der Vertreter der subventionierenden Unternehmen beobachteten, die ihre Anforderungen erläuterten. Ich weiß nicht, warum sie geradezu darauf bestanden, daß die Werbung in eine Handlung gekleidet wurde, eine Art Liebesgeschichte zwischen einem blonden Apoll von uns und einer braunen Kypris, wie Aphrodite auf Zypern und auch anderswo wegen ihrer zypriotischen Herkunft bisweilen genannt wird. Ich weiß nicht, wo sie den Szenaristen ausgegraben hatten, einen Taugenichts, der sie anscheinend vom hohen poetischen Wert seiner Szenarien überzeugt hatte. Im übrigen gelang es ihm gut, die Grenzen zwischen Literatur und Werbung zu verwischen.

Nach einer flüchtigen Besichtigung der Örtlichkeiten auf der nicht eben großen Insel schlugen wir unsere Zelte in der Nähe von Paphos auf, an der Bucht und den Quellen der Aphrodite, dort, wo sie angeblich aus dem

Meerschaum geboren wurde und ihren ersten Schritt aufs Festland tat. Nicht, weil wir diesen ganzen Unsinn glaubten, wählten wir diese Stelle, die, unter uns gesagt, nicht einmal die schönste und für unseren Zweck geeignetste war, sondern weil wir bei den Magnaten, die die Moneten gaben, die Überzeugung aufrechterhalten wollten, daß wir an die fade Geschichte, die gedreht werden sollte, mit großem Ernst und tiefgründig herangingen. Erst später vermochte ich wie der Alte die Gegend mit den Augen eines Kenners zu betrachten und entdeckte ihren unirdischen, berückenden Reiz. In seinen Erzählungen erwachte alles, was die Jahrhunderte verschüttet hatten, zum Leben und geriet in Bewegung, ich sah, daß die Örtlichkeit einen Film verdiente, wie ihn nicht einmal Bergman oder Fellini machen konnten. Doch das würde sich ganz von selbst erweisen.

Fürs erste luden wir erleichtert das Gepäck ab, richteten uns recht und schlecht ein, und am Tag darauf lief alles wie geschmiert, leicht und heiter, als führte nicht ich, sondern ein anderer, ein unsichtbarer guter Geist bei der unterhaltsamen Geschichte mit dem leicht pikanten Beigeschmack Regie. Ich war in glänzender Stimmung, man konnte sich jeden Moment nach der sengenden Sonne in dem gerade in dieser Bucht ungewöhnlich kühlen Meer erfrischen, so schwamm ich lange und weit, ging nach der Arbeit mit Behagen allein spazieren und genoß den gesunden, munteren Rhythmus meines Körpers. Und einmal gegen Abend …

Erster Abend

Ich war nach einem erfolgreichen Arbeitstag, der ein unerwartet schnelles Ende der Arbeit verhieß, in Erwartung einer noch angenehmeren Nacht, zu einem Spaziergang an der Bucht ausgegangen. Die kurze südliche Dämmerung brach herein, in der das Bananenwäldchen aussah wie ein Garten mit Ästen voller Fledermäuse. Ich ging durch und berührte mit der Hand dabei den Flaum ihrer Flügel, bis ich plötzlich den Rücken eines Mannes vor mir sah, der auf den warmen Steinen am Rande des Wäldchens saß und zu den drei Felsen der Aphrodite hinüberschaute, die zu dieser Stunde von hier aus einen bizarren, phantastischen Anblick boten. Der Mann vor mir, noch weit genug entfernt, um meine Schritte nicht zu hören, glich einem großen, in sich zusammengesunkenen kranken Vogel. Das denke ich jetzt, wahrscheinlich ist mir dieser Gedanke erst viel später gekommen.

Der Pfad führte nahe an ihm vorbei. Ich konnte nicht unbemerkt an ihm vorübergehen, deshalb räusperte ich mich leise und warnend. Der Mann drehte sich langsam, sichtlich widerwillig um, und als ich ihn erreicht hatte, sagte er etwas auf Griechisch. Mit Sprachen hapert es bei mir, und es sieht so aus, als wäre ich schon, wenn auch zu früh, auf dem besten Wege, mich mit der Einsprachigkeit abzufinden. Ich stammelte etwas wie:

»Ich ... kann nicht Griechisch ...«

Der Mann, um die Sechzig, mit dichtem, aber schlohweißem, in der rasch eintretenden Dunkelheit mattglänzendem Haar, untersetzt und breit, mit einem ausdrucksvollen und auf den ersten Blick klugen Gesicht, stand plötzlich auf. Ich wich erschrocken zurück, beruhigte mich aber gleich, denn seine freundliche Miene drückte nur unendliches Staunen aus.

»Ein Landsmann! Um diese Zeit an diesem Ort! Sind Sie nicht ein Sendbote des Himmels? Das ist mehr als mysteriös!«

Seine Verwunderung, seine Ausrufe nahmen kein Ende. Er forderte mich auf, mich zu ihm zu setzen. Jetzt bemerkte ich, daß vor ihm eine Thermosflasche mit einem Schultertrageriemen stand. Der Alte goß etwas in den Becher der Flasche, es gluckerte verlockend, und bald leistete ich ihm Gesellschaft bei einem wohlschmeckenden, guten Gin mit Tonic und Zitrone, der in einer Mischung zubereitet war, wie ich sie später nie wieder irgendwo getrunken noch selbst zustande gebracht habe – so appetitlich, erfrischend und trefflich.

Er fragte mich interessiert, wie ich hierher geraten sei. Die Neugier des Alten war echt und gewinnend wie sein Getränk, ich ging ein wenig aus mir heraus und erzählte recht komisch, was für eine bedeutende kulturelle Mission wir auf der Insel hätten und was ich mir davon versprach. Er lachte lautlos, nett, wie gutmütige Menschen, wie alle die lachen, die uns zu dem voreiligen und leichtsinnigen Schluß verleiten, nichts sei leichter, als sie hinters Licht zu führen.

Ich hatte noch keine Sehnsucht nach Landsleuten und hätte um ein Haar versäumt, mich zu wundern, an so einem fernen, ungewöhnlichen Ort ein Exemplar von ihnen anzutreffen. Der Alte stellte sich seinerseits vor, aber ich weiß nicht, warum er auf meinen scherzhaften Ton nicht einging, sondern mit einem für diese ungewöhnliche Begegnung übertriebenen Ernst erzählte, was ihn hergeführt hatte. Er sei Archäologieprofessor, in Paphos habe man vor nicht allzu langer Zeit Überreste ungewöhnlicher Paläste aus der Antike entdeckt, mit Mosaiken, die auf der Welt nicht ihresgleichen hätten. Mit den bunten Steinchen, die ich hier, in der Bucht von Paphos, sehe, seien antike Mythen aufgezeichnet und nachgestaltet worden.

»Sie ahnen nicht«, sagte er, »auf welche Wunder an Schönheit die Füße der Patrizier getreten sind, und wir können nur ahnen, was ihre Augen gesehen haben, denn die Mosaiken, die ich jetzt freilege, säubere und voll Ehrfurcht berühre, sind in den Fußboden eingearbeitet.«

Er sei schon acht Monate hier, auf einem Objekt, das unter der Schutzherrschaft der UNO stehe, und auf dieser Ebene sei er auch hergeschickt worden; vier Monate blieben ihm noch, und in dieser ganzen Zeit habe er kein Wort Bulgarisch gesprochen und keinen heimatlichen Laut gehört, sehe man von dem Radebrechen des einen oder anderen Zyprioten ab, der in Bulgarien studiert habe.

Wir hatten uns festgeredet. Als ich mich umsah, hatte schon die tiefe Nacht des Südens alles rings umfangen, der zunehmende Mond stand hoch, doch nicht er, sondern das ruhige Mittelmeer leuchtete. Ich fühlte mich leicht benommen und erkannte, daß das Getränk, in dem man den Alkohol gar nicht gewahr wurde, stark war und schnell zu Kopf stieg. Mein Gesprächspartner schien nichts zu merken und versank allmählich immer tiefer in sich selbst, hob immer öfter die große Thermosflasche, in der es nicht mehr gluckerte. Ich wollte schon sagen, daß es Zeit für mich sei, nach Hause zu gehen, als er mit veränderter, belegter und warmer Stimme in einer Art zu reden begann, die es mir nahezu unmöglich machte, ihn zu unterbrechen:

»Ich bin nicht überzeugt, daß ihr jungen Leute alles seht, was es hier zu sehen gibt.« In seinem Tonfall schwang unverhohlen Geringschätzung mit, und ich brauchte einen Augenblick, um die Beleidigung zu schlucken, um zu begreifen, daß sie nicht gegen mich gerichtet war, sondern jemandem hinter mir galt, den ich ohne mein Wollen vertrat. »Ihr«, fuhr der Professor fort, »habt die Fähigkeit verloren, die geheimnisvollen Laute aus den Gräbern und der unter der Erde verschütteten Zeit zu hören. Für euch schlafen und sterben ganze Jahrhunderte und Jahrtausende unerweckt, ihr bildet euch in übertriebener Selbstgefälligkeit ein, alles sei individuell, und räumt den Millionen Jahren, die euch hervorgebracht und zu dem prädestiniert haben, was ihr seid, nur lächerlich wenig Platz ein. Ihr sterbt, ohne auch nur begriffen zu haben, daß ihr selbst in euren individuellsten, intimsten Gefühlsregungen, in der Liebe zum Beispiel, unschuldige und grausame Kinder seid, die nur ihren eigenen Schmerz oder Rausch empfinden. Und in Wirklichkeit wiederholt ihr zum milliardstenmal, was andere vor euch erfahren und erlebt haben, was sich schon irgendwo und in irgend etwas als Schema, Bild, Märchen, Symbol, Mythos kristallisiert hat.

Spüren Sie denn«, fuhr der Alte, nun schon an mich gewandt, fort, sorgsam darauf achtend, daß die leicht gewordene Thermosflasche nicht umfiel, »daß wir beide uns jetzt an der Wiege der Zivilisation befinden, daß hinter uns der Troodos, der zypriotische Olymp aufragt, mit der Zeit recht kahlköpfig geworden, daß ganz in der Nähe das antike Paphos ist und daß zu unseren Füßen eins der ältesten und bedeutendsten Heiligtümer der alten Welt liegt, der Tempel der Liebesgöttin, der erhabenen Göttin der Mutterschaft und Fruchtbarkeit Aphrodite!

Wissen Sie« – unversehens war das Gesicht des Alten dicht vor mir, und im bleichen Mondlicht blickten seine Augen kalt und feindselig –, »meine Studenten hören mir genauso zu wie Sie, weil ihnen nichts anderes übrigbleibt, aber heute bin ich in Stimmung und werde Sie noch ein Weilchen festhalten. Diese Unwissenden halten mich für gelehrt, schätzen und kaufen mein Wissen, dabei gibt es nichts Lächerlicheres als das. Im Vergleich zu den gewaltigen Kennern des Altertums, die es gegeben hat und immer noch auf der Welt gibt, bin ich genauso unwissend wie sie, und wenn ich Sie jetzt so jung und hübsch vor mir sehe, schmerzt und bekümmert es mich auf einmal, daß sich in all den Jahren meiner Lehrtätigkeit nicht einer gefunden hat, der nicht meine oberflächlichen und äußerst unvollständigen Kenntnisse geschätzt hätte, sondern – sehen Sie mir das Eigenlob nach – meine Fähigkeit, mich einzufühlen, mich einzuleben, den Mythos und die Antike als Teil meiner eigenen Biographie zu erleben. Aber das ist ein anderes Thema.

Nachdem wir in einem der Säle des Palasts wochenlang die Erde von den antiken Mosaiken vorsichtig weggeschaufelt und abgetragen haben, bin ich heute darangegangen, den Staub abzuwischen und sie aufmerksam zu betrachten, die schönen Hieroglyphen zu entziffern, in denen eins der schönsten Märchen des Altertums erzählt wird, das von Theseus und seiner Fahrt nach Kreta, von der Tötung des Minotaurus und Theseus' glücklicher Errettung, von seinem Weg aus dem schrecklichen, verwirrenden *Labyrinth* mit Hilfe des dünnen Fadens der Liebe, den Ariadne für ihren Liebsten gesponnen hat. Bisweilen fühlt man die naive Anmut der Mythen besser, wenn diese in einem so groben und schweren Material wie dem Stein ausgedrückt ist, als im zeitgenössischen Wort, das noch unbehauener ist als der Stein. Nicht, weil ich diese Mosaikerzählung von der ansonsten ja bekannten Geschichte entdeckt habe, sondern weil mir hier die Idee des Märchens tatsächlich unmittelbarer ausgedrückt scheint; denn selbst mythische Helden und schöne Jünglinge wie Theseus können dem menschlichen Verhängnis nicht entgehen, einen Weg aus dem finsteren *Labyrinth* zu suchen, mit Ungeheuern wie dem Minotaurus in sich und um sich fertigzuwerden, und doch nur den dünnen, doch ewig haltbaren Faden der Liebe in Händen zu halten.

Ich will jedoch nicht von hier fortgehen« – mir war nicht klar, was er meinte, ob diesen Abend oder überhaupt –, »bevor ich herausgefunden habe, wieso der Künstler, der im Altertum übrigens Demiurg genannt wurde, was in unserer prosaischen Sprache soviel wie ›Handwerker‹ heißt, warum dieser Künstler also im Vorspiel die Geschichte des Dädalus anklingen ließ und danach die hier auf Zypern und insbesondere in Paphos allgegenwärtige Göttin der Liebe Aphrodite eingeführt hat!

Die Fahrt des Dädalus fällt nur topographisch mit der des Theseus zusammen. Damit läßt sich ihr gemeinsames Erscheinen im Mosaik nicht erklären. Wahrscheinlicher ist etwas anderes, aber das ist schwer zu beweisen. Platon, für den Dädalus wie dessen Bildwerke auch schon Mythos waren, sagt, daß der Stammvater der Künstler in seinen Schöpfungen einen inneren Mechanismus eingebaut hatte, der sie in Bewegung setzte und unter die Lebenden mischte. Hat mein Meister nicht den Schatten des Dädalus benötigt – dessen legendäre Flügel, die ihn gemeinsam mit seinem Sohn Ikarus in die Lüfte trugen –, um zu den hohen Wahrheiten des Mythos von Theseus und Ariadne aufzufliegen, den Mut des mythischen Helden zu erfassen, mit dem er ins *Labyrinth* zur Begegnung mit dem Minotaurus hinabstieg?

Wenn wir uns durch einen glücklichen Zufall noch einmal sehen sollten, werden Sie begreifen, warum mich das Geheimnis des lebensvollen Grundzugs in der Bildhauerei des Altertums so brennend interessiert und mich immer beschäftigen wird, solange sie das Modell von allem Idealen ist und alles Ideale eine bildhauerische Darstellung hat, in der so natürlich und einfach damit umgegangen wird wie mit allem Lebendigen. Wir haben bereits keine Ahnung mehr von jener Einsicht der Menschen des Altertums in ihrer klassischen Zeit, daß es weniger wichtig ist, Kunst zu machen, als das Leben in Kunst umzuwandeln. Ebenso natürlich ist auch ihr Gefühl für Proportionen, ihre gleichzeitige Treue zur Natur und zum Ideal, dessen blasser Schatten diese Natur ist, so daß jede Darstellung des Menschen sein Verbundensein mit der Gottheit ausdrücken und jede Darstellung der Gottheit irdische menschliche Form erhalten muß, – es ist das Gefühl für die heilige Ehe zwischen vollendeter Anatomie und dem den Dingen innewohnenden Geheimnis.

Die schönste Szene meines Mosaiks ist irgendwo in

der Mitte, wo sich Theseus den Tränen seines Vaters Ägeus zum Trotz in den Kampf mit dem Minotaurus zu ziehen entschließt, um entweder ihn zu töten oder selbst umzukommen. Nachdem er dem delphischen Apollo ein Opfer dargebracht hat, kehrt er auf den weisen Rat des Orakels um und tauscht seinen Schutzgott gegen die Liebesgöttin Aphrodite aus. Gerade hier, in Paphos, hat man am besten verstanden, daß für eine solche Fahrt und Heldentat der höchste Schutz und Segen der verkörperten *Liebe* unerläßlich war, die in der alten Welt von Anteilnahme, Mitgefühl, Barmherzigkeit, Milde noch nicht so hoffnungslos getrennt war.

Spüren Sie es?« – auf einmal erhielt die Stimme des Alten einen geheimnisvollen, vor einem Fremden unangemessen intimen Klang, eine melancholische Färbung, die lockend und erschreckend und offensichtlich nicht für mich bestimmt war –, »Sehen Sie? Hier strahlt alles Zärtlichkeit und Milde aus. Schauen Sie nur, wie liebevoll das Meer das Ufer küßt, was für eine Luft uns umkost, welch erregende Düfte die Nacht verströmt, welche Wärme aus der fruchtbaren Erde steigt! Es ist kein Zufall, daß gerade an diesen Orten sich die Götter frei und friedvoll unter die Menschen mischten und die Menschen so ungehindert und leicht ihre Götter erreichten. Wenn ich allein wäre, würde ich sicherlich wieder die Schritte eines Gottes oder zyprischen Königs hören.«

Bei den letzten Worten erschrak ich nun doch, ich rührte mich, stand auf und gab ohne viel Umschweife zu verstehen, daß es spät war und ich aufbrechen mußte. Der Alte erwachte gleichsam aus seinem Traum, sah mich irgendwie hilflos, verlegen um Entschuldigung bittend, an und versicherte mir sogleich, wie schnell er mich mit seinem Wagen, der in der Nähe stehe, an Ort und Stelle bringen würde. Ich sagte, daß mir der Spaziergang wichtig sei, daß ich mich deshalb auf den Weg gemacht habe und zu Fuß zurückgehen wolle. Wir gaben uns zum Abschied die Hand. Ohne jede Verabredung trennten wir uns rasch. Ich schritt auf meinem Pfad dahin und hörte nach einer Weile, wie hastig ein Auto gestartet wurde. Er fuhr los.

Ich drehte mich um, es war, als flögen die Bananenfledermäuse auf, um ihre Netze in die Dunkelheit zu spannen.

Zweiter Abend

Am Abend darauf ging ich nicht spazieren, obwohl ich, dessen bin ich sicher, unschlüssig war. Meine angeborene Neugier auf seltsame Menschentypen, die ich zu beruflichen Zwecken trainierte, rang mit der Aussicht auf einen gemütlichen Abend in unserer rasch hergerichteten Unterkunft. Mit nicht geringer Wißbegier entdeckte ich auch ein paar psychische Hemmungen an mir. Daß es interessant war, stimmte schon, auch war der Anfang vielversprechend, aber ich war nicht so dumm, den wie eine feine Staubschicht noch unsichtbaren Belag nicht zu bemerken, der von der vergangenen Nacht in mir zurückgeblieben war und sich allmählich und sicher in dikkeren Schichten abzulagern verhieß. Wozu hatte ich es nötig, in ein fremdes Leben, in fremde Gedanken einzudringen, mich mit ihnen zu belasten, wozu hatte ich es nötig, eines Zufalls wegen den leichten Beutel auf meinem Rücken vollzustopfen, um dann vor der Frage zu stehen, wie ich ihn dem ersten besten aufbürden könnte?

Jetzt sah ich deutlich, daß die flüchtige Feindseligkeit, die ich während des Gesprächs an jenem Abend empfunden hatte, dem für alte Leute unbezwingbaren Trieb galt, zu erzählen, endlos ihr Leben und ihre Gedanken auszubreiten, ihrer unbezwingbaren Redesucht – wenn nur jemand da war, der so tat, als hörte er zu, der sie nicht reizte und unterbrach. Sie merken gar nicht den Überdruß, der auf den Gesichtern ihrer Zuhörer geschrieben steht, sie scheren sich nicht darum, wer ihnen zuhört, wichtig ist nur, zu reden, zu reden, alles von der Seele zu reden, was ein für allemal vorbei ist.

Instinktiv spürte ich, daß mich etwas Ähnliches erwartete. Hier fehlten dem Professor seine Studenten, und er wollte vielleicht, daß ich allein ihm seine Zuhörerschaft ersetzte. Nun, er war an keinen Esel geraten, sollte er nur den Steinen am Ufer predigen und seinen göttlichen und berauschenden Erfrischungssaft alleine trinken. Freilich, das Getränk war nicht ohne, es wäre gar nicht so übel gewesen, wieder davon zu nippen, es schmeckte und kostete nichts, und das bei den Preisen hier.

Ja, das hatte ich fast vergessen, der Alte hatte mich gestern abend mit noch etwas anderem sehr verblüfft. Als wir aufbrachen, sagte er, was man von einem Landsmann im Ausland sonst nie zu hören bekommt: Wenn ich Geld brauchte, könnte er mir welches leihen, ach was, leihen, geben – ums Zurückzahlen brauchte ich mir keine Sorgen zu machen.

Ich hatte vergessen, daß ich gerade darüber auf dem Rückweg nachdachte, das scharfe Auge eines Filmmenschen kann nicht leicht getäuscht werden. Ich hatte es mit einem jener Exemplare zu tun, die ich besonders mag und höllisch beneide – die mit den offenen Händen, die leicht verdienen und noch leichter ausgeben, großzügig, mit uneigennütziger Liebe zum Geld, das ihnen von selbst zufliegt, die zwar seine Macht kennen, nicht aber seinen Wert. Es bereitet ihnen weniger Vergnügen, mit jemandem bei einem Glas zu sitzen, als diesen jemand freizuhalten; ihre Liebe zu sich selbst ist so unermeßlich, daß sie alles um sie herum überschwemmt und ertränkt. Vielleicht war gerade das der Köder – damit also wollte dieser große Karpfen eine kleine Barbe wie mich fangen.

Wenn ich jetzt meine Unschlüssigkeit beschreibe, sehe ich, um wieviel länger die Beschreibung ist als das wirklich Durchlebte. Alles, was ich jetzt schildere, blitzte damals nur für Sekunden auf. Ich malte mir den Abend hier und dort aus und entschied mich für unsere Zelte. Hier verbrachte ich einen Abend, der in meinem Bewußtsein völlig verblaßt ist, weil er sich durch nichts von den übrigen abhob, die ich mit meinen Kollegen und unseren zyprischen Freunden und Freundinnen erlebte.

Am frühen Abend des nächsten Tages gab es für mich kein Zögern. Sowie wir nach der Arbeit im Meer gebadet hatten, schlug ich den Weg zum Bananenwäldchen ein. Die Füße trugen mich leicht, ich hatte das Gefühl, mich nach einem alten Freund zu sehnen, es kam mir gar nicht in den Sinn, daß ich ihn nicht an derselben Stelle antreffen könnte, so überzeugt war ich, daß er auf mich wartete. Als ich aus dem Fledermausgärtchen trat, sah ich seine gebeugte Silhouette. Jetzt sah der große alte Vogel aus, als sträubte er das Gefieder und krieche vor Schmerz in sich zusammen.

Das Rascheln verriet mich. Der Alte drehte sich um, sah mich ohne Überraschung an und machte mir wortlos auf dem breiten Stein Platz, womit er mir zu verstehen gab, daß er mich erwartet hatte. Neben der größeren Thermosflasche stand an diesem Abend schon ein weiterer Becher. Er brauchte mir nicht zu sagen, daß der gestern an derselben Stelle gestanden hatte, aber unbenutzt geblieben war. Der Professor goß mir schweigend ein, wir stießen an und blieben geraume Zeit so sitzen, wir schauten in den vor unseren Augen verlöschenden Tag. Nicht die Nacht, sondern das sich ausdehnende Meer verschlang allmählich den Tag.

Um irgendwie mein Ausbleiben am Vorabend zu

rechtfertigen und auch, um dem Alten ein bißchen um den Bart zu gehen, begann ich zu erklären, was wir gemacht hatten, weshalb ich nicht gekommen war, obwohl ich ja nichts versprochen hatte – allerlei Verlegenheiten dieser Art. Was ich alles geredet habe, weiß ich nicht mehr, doch offensichtlich war mir bei meinem Redestil das Wort ›Miezen‹ herausgerutscht. Der Alte – zumindest kam es mir so vor, und wieder durchzuckte mich ein feindseliges Gefühl – hatte nur darauf gewartet, daß man ihm ein Thema hinwarf, und fing an:

»Die Wörter haben ihr eigenes Leben, unwahrscheinlich wie das Schicksal des Menschen! Sie kommen von uns, den Menschen, aber wir merken selber nicht, wann und wie wir ihre Gefangenen werden, mit welch naiver Freude wir uns von den einen befreien, um in den Bann anderer zu geraten. ›Miezen‹ sagen Sie, ja, das höre ich jetzt allerorten, und ich muß Ihnen sagen, daß Sie, wenn Sie so reden, vielleicht tausendmal mehr recht haben als der empörte und in seiner großen Liebe bis auf den Grund seiner Seele gedemütigte Molière, wenn er seinen Helden in der ›Schule der Frauen‹ wie ein verwundetes Tier die in ihrer Verlogenheit und Unbeständigkeit unschuldige Agnès anschreien läßt: ›Du Hündin, du Hündin!‹

Diese Bezeichnung klingt nun schon wie Lob, der Hund ist gut, mitfühlend und treu. Sie, Jugend von heute, haben die Natur, den Charakter – für wie lange freilich – besser erfaßt, Miezen, also Katzen, Kätzchen, untreu und nicht anhänglich, verlogen, scheu und bereit, einem immer dann, wenn man sich ihnen gegenüber schwach zeigt, auf die Brust zu springen und wie ihre Vorfahren, die Wildkatzen, von denen einst die Wälder hinter uns voll gewesen sind, mit den Krallen das Gesicht zu zerkratzen und, wenn man ihnen Behaglichkeit zu bieten gewillt ist, mit gespielter Dankbarkeit das Obdach auszunutzen.

Weißt du, erlaube mir, dich als den viel Jüngeren zu duzen«, sagte er, nachdem er eine Weile geschwiegen und den Becher vor sich hingestellt hatte, wobei er von dem entrüsteten Ton zu einem melancholischen überwechselte. »Ich habe hier an diesem fernen, fremden Ufer nicht nur eine Träne für diesen Hypochonder Molière vergossen. Diese Tränen brachten mich auf eine meiner frühesten Kindheitserinnerungen. Den Nachbarn war ein Kind gestorben, ich ging an der Hand meiner Mutter im Trauerzug mit und wollte wissen, warum nicht die Mutter, die völlig gebrochen dem Sarg folgte, sondern die grobknochige Muhme Petrana, eine entfernte, kinderlose Verwandte, so bitterlich und laut und mehr als alle anderen weinte. Meine Mutter beugte sich über mein Ohr, sagte, ich solle leiser reden, und flüsterte irgendwie geheimnisvoll: ›Sie weint um sich!‹

Jetzt sehe ich, daß weder etwas Schlechtes noch Beschämendes darin ist, wie sonst kann man den Schmerz des anderen mitfühlen, wenn man ihn nicht selbst spürt und durch sich hindurchgehen läßt, wenn man sich nicht mit dem ganzen Schmerz der Welt verbindet. Das ist kein Egoismus, sondern ein Zeugnis für die Möglichkeit, unser Bewußtsein und unsere Empfindsamkeit unbegrenzt auszuweiten. Das Bewußtsein und die Empfindsamkeit des wirklichen Egoisten sind wie in einer dunklen Höhle ohne Ausgänge eingeschlossen. Es gibt einen schöpferischen, befruchtenden Egoismus, darin ist die Liebe zu sich und dem Eigenen ein guter, lockerer Boden, in dem nur der Samen der Liebe und des Mitleidens wachsen und Frucht tragen kann. Doch ich sprach von Molière, nicht von meinen Tränen um ihn, und du bist anscheinend ein gutes Medium, denn mir ist etwas klargeworden, das ich vorher stark gefühlt, wovon ich aber ein recht verschwommenes Bild hatte.

Findest du das Ende der ›Schule der Frauen‹ nicht reichlich kühn für einen verdächtigten Mann wie Molière?« fragte auf einmal der Professor, als hätten wir soeben das Stück gesehen, von dem ich nur ziemlich unklare Vorstellungen aus meiner Studentenzeit hatte. Er schien meine Verlegenheit zu bemerken und erklärte: »Du erinnerst dich doch, Agnès wird dort als Tochter der Schwester ihres geliebten Horace identifiziert, um dessen Geburt und Herkunft ein tiefes Geheimnis gebreitet ist. Mit dieser Lösung hat Molière entweder allen zeigen wollen, daß ihn die Gerüchte über ihn kalt lassen und daß in diesem Gerede kein Körnchen Wahrheit steckt, wie hätte er sonst darangehen sollen, selbst so ein Sujet zu bearbeiten? Oder es gibt möglicherweise eine andere Erklärung. Das Geheimnis und das Problem seines Lebens haben ihn aufs äußerste gequält, bis zur Unmöglichkeit, länger zu schweigen, und er hat es riskiert, sich mit diesem Sujet zu befassen, um den Alpdruck von seiner Seele zu wälzen, indem er sämtliche ihm möglichen Rechtfertigungen und Argumente anführte, den ganzen unbeschreiblichen Schmerz und das Entsetzen des Komödianten zur Schau stellte. Ich muß mich über die Theaterregisseure wundern – sei nicht beleidigt, du bist ja beim Film, und davon habe ich keine Ahnung –, es gibt so viele Bedeutungen, Anspielungen, verborgene Schichten in dieser Komödie, die unentdeckt bleiben, deren Sinn weder auf der Bühne noch von den Molièreforschern enthüllt worden ist. Mich bewegt das Pygmaliontherma bei Molière, sein eigenartiges Pygmaliontum wie auch mein eigenes.

Du bist ein Mann, der sich auskennt, du wirst sicherlich von der verzehrenden Leidenschaft Molières zu Mademoiselle Menou wissen, der Schauspielerin, die später als seine Frau unter dem Namen Armande Béjart bekannt wurde. Sie war etwa neunzehn Jahre alt, während Molière die Vierzig überschritten hatte, als sie heirateten. Der Altersunterschied zwischen den beiden im Stück ist der gleiche. Diese ganze Geschichte bleibt in den Schleier des Geheimnisses gehüllt. Man vermutet, daß Fräulein Menou nicht die Tochter ihrer Mutter war, auch im Stück ist es so, nicht der Vater ist umstritten, wie gewöhnlich, sondern die Mutter, denn es stellt sich heraus, daß die ›rechtmäßige Mutter‹ – entschuldige den Ausdruck – Menou mit dreiundfünfzig Jahren geboren hat, falls die offizielle Version stimmt. Manche nehmen an, das Fräulein sei das Kind der unverheirateten Schwester – wieder wird man an das Stück erinnert – seiner rechtmäßigen Mutter, das heißt Madeleine Béjarts, der illegalen, ersten Frau Molières, was bedeutet, daß er beim zweitenmal – nun ganz legal wie in manchen Versionen der Geschichte von der Herkunft Pygmalions – seine eigene Tochter geheiratet hat. Auf jeden Fall stimmen die Angaben über Ort und Zeit des Aufenthalts von Madeleine und Molière wenigstens einmal überein – in den Bädern von Montfrin, wo der Komödiant im Gefolge Ludwigs XIII. in der zweiten Junihälfte 1642 gewesen ist. Unter diesem Gesichtspunkt wäre die Vaterschaft an seiner Frau durchaus möglich. Die Gerüchte, Molière habe seine Tochter geheiratet, hielten sich recht hartnäckig und vergifteten die ohnedies unfrohen Tage des großen Komödiendichters. Ein Advokat nannte bei einer öffentlichen Gerichtsverhandlung Armandes ›die Witwe ihres Vaters‹, damit sie nicht als Zeugin aussagte. Ich möchte, ja ich muß zu bedenken geben, daß der geniale Komödiant ›Die Schule der Frauen‹ nicht nur geschrieben, sondern auch als erster die Rolle des Arnolphe gespielt hat, als erster, aber nicht zum erstenmal, denn zuvor hatte er sie im Leben gespielt.«

Das letzte hatte er mit Lachen und Tränen in der Stimme gerufen. Es war, als spräche der Professor auf einer Bühne, nicht zu mir und nicht zu sich, sondern zu einem unsichtbaren Publikum, das in dem von Ufer, Felsen und Meer leicht angedeuteten Amphitheater Platz genommen hatte.

»Und das ist immer noch nicht das Wichtigste«, fuhr er nach einer Weile gleichmäßig, müde fort, »zumindest für mich ist etwas anderes wichtig und bemerkenswert. Ohne jede Anleihe, ohne jeden bewußten Zusammenhang, ohne es selbst zu ahnen, aus inneren Beweggründen und infolge der Lebenswirren, in einer anderen, von Strenge und Rationalismus, Etikette und festen Formen gekennzeichneten Zeit erzählt uns Monsieur de Molière mit gallischer Klarheit und mit Humor die urururalte Geschichte von Pygmalion, was ihre Lebenskraft und Wiederholbarkeit unabhängig von Zeit und Umständen beweist. Ausgenommen, versteht sich, die äußere Ornamentik, worin ich inzwischen Spezialist bin, ich weiß, wie man, ohne etwas zu beschädigen, gewisse Schichten abtragen kann, um zu den darunterliegenden zu gelangen, ich allein kenne das Vergnügen, auch die neuentdeckte Schicht zu entfernen, um zu der darunter begrabenen zu gelangen, und so fort und fort, bis auf den Grund.

Du hast doch nicht vergessen, junger Freund, daß ich Archäologe bin? Andere kann Monsieur de Molière täuschen, mich nicht, ich weiß, warum und woher diese vater-töchterlichen oder sohnes-mütterlichen, freund-feindschaftlichen, liebestollen-haßerfüllten, ehrlich-unehrlichen und sonstigen Ausbrüche bei Arnolphe-Molière oder Molières Arnolphe kommen, der bis ins Innerste erschüttert und empört ist, daß die reale Agnès nichts mit dem Geschöpf gemein hat, das er aus ihr geschaffen zu haben glaubte, genauer, daß er sich wie Pygmalion nicht in die reale Agnès verliebte, sondern in jene, die er in seiner Phantasie erschuf. Für einen Einsamen, Hochmütigen und Hypochonder wie ihn kann es wohl kaum eine schlimmere Entdeckung gegeben haben, wenn er noch dazu den Verdacht hatte, daß nicht nur die Agnès der Phantasie, sondern auch die physische sein Geschöpf war, daß er der Urheber ihrer Empfängnis im Mutterleib war und der Grund, daß sie das Licht der Welt erblickt hatte.

Da hast du die ›Gattin nach eigenem Geschmack und Muster‹, wie du sie vom Anfang bis zur Reife bereitet und modelliert hast unter sorgfältigster Beachtung von Umgebung und Erziehung, im völligen Vertrauen in die Regeln, die du ihr beigebracht hast. ›Sie ist Wachs in meinen Händen‹, prahlt unser Komödien-Pygmalion, der hingerissen sein Geschöpf formt und meißelt, ›ich kann ihr jede Form geben‹, wiederholt er seine Prahlerei, kaum daß sie seinen Händen entglitten ist. Aber es ist dies Aus-den-Händen-Gleiten der eigenen Schöpfung, was in Arnolphe die wirkliche Leidenschaft entfacht; das Feuer der Liebe entzündet sich an der Gleichgültigkeit dieses Geschöpfs gegenüber dem Los seines Schöpfers. Es gibt in der Weltliteratur wohl keine traurigere Szene als die in dieser Komödie, wenn Arnolphe zu Agnès sagt:

Wie Liebe seltsam ist, und die Verräterinnen
So leicht ihr falsches Spiel bei jedermann gewinnen!
Sie sind doch weiter nichts – wir sehn es jederzeit, –
Als Neugier, Wankelmut und Unbeständigkeit.
Voll Bosheit ist ihr Geist und schwach die schwanke Seele; –
Gebrechlich, wie sie sind, und voller Trug und Fehle
Und treulos ganz und gar, tanzt dennoch alle Welt,
Wenn so ein Tierchen pfeift, und tut, was ihm gefällt.
Komm, laß uns Freunde sein. Hör, du durchtriebene Kleine,
Ich werde dir verzeihn und bin wie sonst der Deine.
Ermesse draus die Glut, die mich beseelt für dich;
Zum Dank für meine Güte, ach, Agnès, liebe mich![1]

[1] Molière, Werke, Insel-Verlag, Leipzig 1968, Nachdichtung von R. A. Schröder. Die letzte Zeile mußte wegen des Kontextes der bulgarischen Übersetzung angeglichen werden.

Doch wer wird schon seiner Güte wegen geliebt!« Der Professor winkte verächtlich ab, dabei hatte er großartig rezitiert, mit Gefühl für den tieferen Sinn der Verse, und alles diesem Sinn untergeordnet, der auf einmal tiefer und unergründlicher war, als man beim Betrachten der Worte vermuten konnte. »Arnolphe«, fuhr er fort, »wundert sich selbst, wohin ihn seine Leidenschaft geführt, entführt hat, doch das dümmliche Geschöpf, das selbst dies nicht würdigen kann, nötigt ihm die schmerzlichen Worte ab:

Sieh meine Liebe hier, der nichts vergleichbar, Kind.
Willst du noch mehr Beweis? Sag, Undankbare, sage,
Willst du mich weinen sehn? Willst du, daß ich mich schlage,
Willst du, daß auf der Stell ich mir das Haar ausreiß,
Willst du, ich töte mich? So sag mirs, daß ichs weiß.
Grausame, sieh mich hier dir völlig zu Befehle![1]

So steht es also um Monsieur de Molière und seine ›Mieze‹«, schloß der Professor, meinen Tonfall parodierend, seine Rede.

»Alle diese Tiraden mögen dem oberflächlichen Betrachter als gegen die Frauen gerichtet erscheinen, aber das wäre ungerecht«, fuhr er nach einer Weile fort. »Am Pygmalionschmerz leiden Männer wie Frauen, die literarische Bestätigung dafür ist Anna Karenina, die aus dem Leben gegriffene Lora Jaworowa, die Frau des großen Dichters.[2] Doch der Ausweg, den sie finden, scheint sich bis zu einem gewissen Grad zu unterscheiden – Molière hat ein Vaudeville darüber geschrieben, ein wirklich geniales Vaudeville, Lora hat sich erschossen, und Anna Karenina sich unter einen Zug geworfen. Aber das ist ein anderes Thema«, sagte der Professor, und seine Hand wollte wohl den Wirbel der Assoziatio-

[1] Molière, Werke, Insel-Verlag, Leipzig 1968, Nachdichtung von R. A. Schröder. – [2] Pejo Jaworow (1877–1914).

nen verscheuchen, in dem er anscheinend ständig zu versinken drohte.

»Weißt du«, hob er nach langem Schweigen in schwermütigem Ton erneut an, »ich habe mich ebenfalls in Pygmalion erkannt, als ich vierhundert Jahre nach ihm auf diesem Stein mit Molières Tränen geweint habe, an einem drückenden Abend ohne Sterne, mit schwerem, tiefhängendem Himmel, aus dem es jeden Moment regnen konnte. In der Ferne leuchteten jene langen nächtlichen Blitze auf, die ein urtümliches, schon unseren fernsten Vorfahren bekanntes Entsetzen hervorrufen. Sie, jene SIE mit den Großbuchstaben der großen Liebe, hatte mir, über meine Unentschlossenheit aufgebracht, vielleicht auch, weil sie das Philosophieren satt hatte, ich weiß es nicht, ich kann es mir nicht erklären, kurz zuvor gesagt, daß sie unlängst mit einem anderen geschlafen hätte und es ebensogut gewesen wäre wie mit mir. ›Im Interesse der Wahrheit‹ teilte sie es mir mit – oder besser gesagt: Platon ist mein Freund, aber die Wahrheit ist ein näherer Freund, ich weiß nicht, warum gerade dieses ›Im Interesse der Wahrheit‹ sich in meinem Kopf festgesetzt hat. Als wir aus der Schenke am Fuße der Berge traten, waren Himmel und Erde in eins verschmolzen; die Nacht verschlang uns, am Horizont flammte es auf, und die fernen Blitze riefen das mir bekannte urtümliche Entsetzen hervor. Auf einmal begriff ich, daß ich es mit einem Geschöpf meiner Phantasie zu tun hatte und bis zur Selbstvergessenheit in ein Geschöpf meiner Einbildungskraft verliebt war. Die immer rascher aufeinander folgenden Blitze und ersten Donnerschläge zerhieben die Schichten der Zeit, und irgendwo auf ihrem tiefsten Grund sah ich König Pygmalion trostlos weinend am Ufer des Meeres sitzen.

Ich habe erfahren, daß es den Schmerz nicht lindert, sondern ihn vielleicht sogar verstärkt, wenn wir zwischen unseren eigenen Erlebnissen und den Mythen eine Verbindung herstellen, daß diese uns im Ozean menschlicher Leiden dafür jedoch den Rettungsring der Erkenntnis zuwirft, die bitter und zugleich heilsam ist, und uns, wenn wir nur nach den Schiffbrüchen den Mut fassen, für die Zukunft ein Eiland wie diese inmitten der Meere gewachsene Insel verspricht, die einsame Insel des Schöpfertums, die uns von neuem dem Archetyp des Pygmalion nahebringt.

So oder so«, fuhr der Alte fort, nachdem wir wortlos angestoßen hatten, »ich habe mich in Pygmalion wiedererkannt und erst da, will mir scheinen, begriffen, was mit mir in einer Geschichte geschah und geschehen wäre, in die ich mich selbst eingebracht, ja, man kann sagen, eingebaut hatte. Zu Anfang konzentrierte sich meine ganze Qual darauf, daß SIE sich offenbar in niemandem erkennen konnte und wollte, als seien die Jahrtausende umsonst verflossen und als habe die Kultur keine Bedeutung. Allmählich jedoch verging auch diese, eigentlich kleinliche Qual.

Weißt du« – diese sich immer häufiger wiederholende Frage klang schon vertraulich –, »ich habe ein altes Haus aus der Türkenzeit, vor nicht so langer Zeit habe ich es gekauft und hergerichtet, es befindet sich nicht sehr weit entfernt von Sofia. Ich sitze da oft auf der Veranda und huste schon wie ein alter Türke, und nur deshalb bin ich nicht noch öfter dort, weil mich mitunter alles ringsum, selbst die ›gleichmütige Natur‹, auf immer tristere Gedanken bringt. Ich habe einen Nachbarn, Ahmed, der existiert, der lebt unabhängig von Elektrizität, Kanalisation, Radio, Fernsehen, Auto und so weiter, buchstäblich wie seine Vorfahren Jahrhunderte zuvor; in seiner Selbsterkenntnis hat er nach dem Nomadenleben seines Stammes auch nicht den kleinsten Schritt getan, über sich, seine Herkunft und Art weiß er nicht mehr als seine fernsten Vorväter, und wäre nicht die hemmende Kraft des Gesetzes, er hätte seine Frau längst erschlagen.

Wenn ich zu ihm gehe, finde ich dieselben Schaber für den Backtrog, dieselbe Hacke, Harke, Schaufel, die ich, wenn ich sie entdecke, mit Sicherheit in die mykenische Ära datiere, so um das fünfzehnte, sechzehnte Jahrhundert vor unserer Zeitrechnung, es hängt einfach von der Tiefe der Schicht ab, unter der sie begraben sind.

Dieser Menschentyp hat mir immer Pein bereitet und wird mir immer Pein bereiten, ein Typ ohne Archetyp, anscheinend unveränderlich, denn er eignet sich für alle Zeiten, das heißt, wenn er stets allen gehört, gehört er keinem und kann jedermann verraten und belügen. Schaber für Backtröge – das sind sie! Vermutlich bist du nicht im archäologischen Museum in Nikosia gewesen? Ich nehme dich einmal mit, ich zeige dir etwas.« Die Stimme wurde geheimnisvoll, ich fühlte mich abermals unbehaglich und spürte Feindseligkeit in mir aufsteigen, dachte insgeheim, ob ich es nicht mit einem Komödianten und Gaukler zu tun hätte, der um jeden Preis wollte, daß ich an seine Mystifikationen glaubte. Jetzt bin ich geneigt zu bedauern, daß ich seinen letzten Worten abwesend und zerstreut zugehört habe, aus einer selbstverständlichen Höflichkeit wollte ich den von seiner eigenen Erzählung hingerissenen alten Mann lediglich nicht unterbrechen.

»Ich zeige dir etwas«, wiederholte der Professor, »so etwas kriegst du ohne einen Cicerone wie mich nicht zu sehen.« Die Ironie in dem Vergleich vermochte den gewaltigen Stolz des Mannes auf sich selbst nicht zu überdecken. »Ich glaube, ich habe gerade die Statue entdeckt, die Pygmalion schuf, damit sie die Stelle seiner Geliebten einnähme. Ich kann mir sogar denken, wie alles gewesen ist, wie es sich zugetragen hat. Aber ich habe dich ermüdet, mein Junge, und das Reden ist das einzige, worin ich das berühmte Maß der Griechen nicht zu halten vermag, besonders nach diesem Einsiedlerleben hier. Komm, ich fahre dich in dein Nomadenlager.«

Dieses Mal lehnte ich nicht ab. Wir waren schnell da, trennten uns ohne Verabredung, aber in der festen Überzeugung, daß wir uns an derselben Stelle und zur selben Zeit wiederfinden würden.

Es war tiefe Nacht, alles ringsum schlief, man spürte, wie die Steine und der Sand die letzte tagsüber gespeicherte Wärme abgaben, um sich für kurze Zeit an der spärlichen nächtlichen Kühle zu laben. Von irgendwo wehte ferner, erregender Geruch von Kreuzkümmel herüber.

Dritte Nacht.
Die Wahrheit über Pygmalion

Ich war mir darüber im klaren und merkte auch an ihrem vieldeutigen Lächeln, daß es meinen Kollegen nicht auszureden sein würde. Für sie war ich irgendwo außerhalb des Lagers vor Anker gegangen. Meine Spaziergänge erschienen ihnen ein bißchen zu lang, ich hatte aber keine Lust, Erklärungen abzugeben, außerdem war ich ja eine Art zeitweiliger Vorgesetzter von ihnen – Wunderlichkeiten des Chefs und fertig! Mochten sie sich wundern. Als es zu dämmern begann, ging ich los.

Ich traf den Alten an derselben Stelle und in derselben Pose an, als hätte er sich seit dem Vorabend nicht vom Fleck gerührt. Neu war etwas anderes. Vor dem Stein stand ein mit einem blendend weißen Tuch bedecktes Tischchen, darauf waren zwei Gläser und ein Sortiment verschiedener schmackhafter Kerne, an denen die Insel reich ist – Mandeln, Kichererbsen, Pistazien, Hasel- und Erdnüsse, dazu Rosinen. Abseits, weiter weg, damit es brannte, ohne zu wärmen, flackerte ein kleines Feuer. Dünne, bizarre Schatten gaukelten. Der Professor empfing mich als erwünschten und erwarteten

Gast, und so was habe ich für mein Leben gern. Meine Stimmung hob sich sofort, ich war bereit, mir allen möglichen Unsinn anzuhören; wenn ich mir Mühe gab, konnte ich mir unter solchen Umständen auch allerlei Geschichten ausdenken.

»Es macht mir Freude, und wie es scheint, bin ich auch dazu imstande, es den Leuten um mich herum behaglich zu machen«, sagte der Professor lachend. »Zumindest meinte das eine Frau und erklärte damit ihre und anderer Menschen Liebe zu mir. Die Erklärung ist recht simpel, aber gerade deshalb kann sie völlig richtig sein. Völlig ist übrigens zuviel gesagt, es gibt Ausnahmen. Gerade die Frau, für die ich absolut nichts getan habe, im buchstäblichen und im übertragenen Sinn, hat absolut alles für mich getan, ich wiederhole: absolut alles, was man tun kann. Aber das ist ein anderes Thema«, sagte er und begleitete seine Worte mit einer ausdrucksvollen Geste, mit der er die anstürmenden Erinnerungen verscheuchte.

»Du wunderst dich über das Feuer bei diesem warmen Wetter und an diesem Ort? Das Feuer ist meine Schwäche, ich kann ihm jederzeit, an jedem Ort, endlos zusehen. Es ist vor allem der Grund dafür, daß mich die Zyprioten für einen Sonderling und für ein bißchen verdreht halten, anfangs kamen sie sogar und schimpften, wollten mir eine Geldstrafe aufbrummen. Hier kommt es leicht zu Bränden, hier meidet man das Feuer und fürchtet sich vor ihm, man sucht Schutz vor Sonne und Hitze. Schau dir nur ihre Häuser an, die reinsten Bunker, Zufluchtsorte, die kühlen Kellern gleichen. Die Sonne verbrennt alles derart, daß für Brände und Feuer nicht viel übrigbleibt.

Was und wer ist nicht alles durch dieses Land gezogen! Hochherzig und gastfreundlich, haben die Zyprioten Verständnis für die Eigenheiten des Menschen, ein Zeichen alter Kultur, sie haben sich schnell an mich gewöhnt, ich kann sogar sagen, daß sie mich ins Herz geschlossen haben, und sie lassen mich nun wegen des Feuers in Ruhe. Und ich brauche es, nur am Feuer ist die Versenkung, wie ich sie gewohnt bin, vollständig und tief. Wenn Blitze und Donner, die hier, wo es sieben Monate und länger nicht regnet, eine Seltenheit sind, mich in das urtümliche Entsetzen unserer Vorväter zurückversetzen, das so viele Mythen hervorgebracht hat, so entrückt mich das Feuer in eine atavistische Glückseligkeit; am Feuer zerspringt die Zeit von innen, in guten Augenblicken liebkosen und erhellen uns die Feuerzungen Seele und Körper in so göttlicher Weise wie einst den Behaarten, in die Felle wilder Ziegen Gehüllten, die als erste seine unbegreifliche, süße und schreckliche Kraft vergöttlicht haben. Doch für heute abend habe ich dir andere Geschichten versprochen.«

Und er begann von Pygmalion zu erzählen. Da ich mir nicht sicher bin, wie genau ich seine Erzählung wiederzugeben vermag, setze ich das Folgende in Anführungszeichen und berichte es so, wie ich es in dem dünnen Heft gefunden habe, das er mir hinterlassen hat. Als ich es durchlas, erkannte ich, daß darin dasselbe stand, nur der überhöhte Tonfall in der Stimme des Erzählers fehlte, aber den könnte ja auch ich nicht wiedergeben. Er ist mit ihm dahingegangen, ist wahrscheinlich nur in den Ohren derer geblieben, die ihm zugehört haben, und wird mit diesen Ohren gleichfalls sterben. Wie es scheint, geht alles so dahin, aber wohin?

Im schattigen Garten vor seinem Haus saß traurig und finster der *Vater des Gottes*, der angebetete ehemalige König Pygmalion, Schwiegervater des jetzt herrschenden Kinyras, des Ehemanns einer seiner nur wenigen bekannten Töchter. Er saß auf einem prächtigen Sitz aus einheimischem Stein, vor einem schönen Marmortisch – beides das Werk seiner Hände. Vor ihm auf dem Tisch stand eine beschlagene Kanne mit feinem Zypernwein, in einer Grube gekühlt, wo zu jeder Zeit festes Eis von den Gipfeln des Troodos aufbewahrt wurde, in einer breiten Schale dampfte ein soeben gebratener zarter Plattfisch, den man vom Grunde des Meeres heraufgezogen und in den frischen, brennenden Blättern junger Brennesseln aufbewahrt hatte. Irgendwo in der Nähe erklangen betörende Laute einer Lyra, von Fingern, die der *Vater des Gottes* kannte und liebte, zart berührt.

Pygmalion nippte nur am Wein, den Fisch hatte er noch gar nicht angerührt, seine Augen starrten auf einen Punkt. Vor ihm ragte die Libanonzeder auf, seit über vierzig Jahren hatte er sie so mächtig in Erinnerung. Er wünschte die göttliche Vorsehung auf dieser gesegneten zyprischen Erde, wohin seine Vorfahren aus den unfruchtbaren Wüsten des Sinai gekommen waren, zu begreifen. Seit dem letzten Frühjahr kroch irgendein Wildwuchs an dem mächtigen Stamm der Zeder hinauf und hielt ihn mit seinen dünnen, hilflosen Ärmchen schon so umfangen, daß der Baum bald ersticken mußte. Pygmalion wußte, daß in seinem Blut das göttliche Blut des Adonis floß, er fühlte seine innige, nahe Verwandtschaft zu den Göttern, konnte jedoch nie dahinterkommen, was Aphrodite und ihr Geliebter getan hatten.

Es war Ende Februar, zu Beginn der Gerstenernte, allerorten streute der Frühling freigebig seine frischen Gaben aus, und Pygmalion spürte, wie neue, belebende Säfte durch seinen gesunden, kräftigen, reifen Körper strömten. Seine zur Melancholie neigende Seele hörte schon lange nicht mehr auf die begierigen Lockrufe des Körpers, in dem sie wohnte. Dieser Zwiespalt bedrückte ihn, und er gab sich schon ein paar Jahre wahllos und voller Verzweiflung entweder den ungestümen Lockrufen des Körpers oder den vernichtenden Gewissensqualen und unverständlichen Stimmen der Seele hin. Und selten, fast nie, waren beide gleichzeitig an seinen Festen und Feiertagen oder an seinem Alltag und seinem Seelenjammer beteiligt.

Etwas anderes, Unwahrscheinliches und Großes begegnete dem *Vater des Gottes* in den Tagen des letzten Adonisfestes, begegnete ihm und zog vorüber. Wie und warum geschah es, wohin und warum entschwand es? Konnte man es – und wie – zurückholen und festhalten, damit dieselbe Seligkeit in dieser wie in jener Welt bis ans Ende der Welten blieb? Das fragte sich der ehemalige König und begann erneut die frische Erinnerung auseinanderzufalten, wieder von Anfang bis Ende, bevor er den Entschluß faßte, aufzubrechen und sein entschwundenes Glück zu suchen.

Der Februarmond war noch eine dünne Sichel, als die Festlichkeiten zu Ehren des sterbenden und ewig zu uns zurückkehrenden Gottes begannen. Die Straßen von Paphos, danach auch der Weg zum Meer, glichen einem beweglichen bunten Garten, in dem es alle Blumen und Pflanzen gab, die die Götter auf Zyperns Erde wachsen ließen. Graziös trugen Frauen und geschmeidige Mädchen auf den Köpfen Körbchen und Blumentöpfe, aus denen wippend Weizen und Rosen, Gerste und Anemonen, Zwiebeln und Goldlack hervorschauten. Zum Meer hin zog der prächtige Garten des Adonis zusammen mit des Gottes Statuen. All das würde im Meer versenkt werden und sterben wie der herrliche Adonis, der Herr.[1]

Pygmalion, in dem der König und Künstler nie zur Ruhe kam, blieb, noch ehe der Garten des Adonis zur Stadt hinausgegangen war, an der Straßenseite stehen, um sich daran zu erfreuen. Das Mädchen sah er kurz, als die Hälfte des Zuges vorbei war, die Füße trugen ihn von selbst neben ihr her, ohne daß er nach seiner Gewohnheit den ganzen Göttergarten an sich hatte vorbeiziehen lassen. Jetzt fiel es ihm schwer, sich zu erinnern,

---

[1] adon: grch., Herr.

was ihn auf den ersten Blick an ihr so verwundert und bezaubert hatte. Vielleicht die für diesen Landstrich ungewöhnlich mattfeurige, rostrote Farbe von Haut und Haar, die ihn unmerklich in seine Urheimat zurückversetzte. Gleich beim ersten Blick entdeckte der stets wache Künstler in ihm das verkörperte plastische Bild des Apotropsion, des echten rostroten Ziegenlamms, wie es Apollo immer als Opfer begehrt. Vielleicht der rätselhafte, unter den Augen besonders ausdrucksvolle Schatten, der wahrscheinlich von dem Körbchen auf dem Kopf herrührte, aber scheinbar absichtlich von einer unsichtbaren Wolke am Himmel geworfen wurde. Vielleicht die flüchtige, ihm einen Stich versetzende Ähnlichkeit mit der Frau, der er vor langer Zeit, da er noch jung und unerfahren war, im Heiligtum der Aphrodite beigewohnt hatte. Es war eine für den jungen König obligatorische und rituelle Vereinigung mit der Großen *Mutter*, dem allesgebärenden Leib der Erde, von der er die sinnliche Erinnerung mitgenommen hatte, er habe sich in heiliger Ehe mit der Göttin Aphrodite selbst vermählt, die ihm irgendwo eine Tochter geboren hatte.

Sooft er sich seitdem das Bild der Liebes- und Fruchtbarkeitsgöttin vor Augen rief, so oft erschien ihm gerade diese Frau, der er nicht mehr begegnet war, obwohl er sie suchte. Und er suchte nicht so sehr sie als vielmehr die Tochter, die sie ihm geboren hatte, die die erste des Geschlechts war, ihr gebührte die Nachfolge, der Thron stand ihrem Gemahl zu. Aber vielleicht war das Mädchen eine seiner zahllosen Schwestern, mit denen sein Vater bis vor kurzem die Insel bevölkert hatte. Oder vielleicht wollte er nur herausfinden, wie und warum er bis jetzt die schönste Blume im Garten des Adonis nicht in der Stadt bemerkt hatte, vielleicht war die Knospe eben erst aufgebrochen und erblüht, und man hatte sie vorher gar nicht bemerken können.

Die Prozession erreichte das Meer. Die ersten, noch

künstlichen Weh- und Klagerufe wurden laut. Sie würden sofort, wenn die Blumen und Bilder ins Wasser geworfen wurden, zum Himmel steigen, von allen aufgenommen werden, bis sie schrecklicher als echte sein würden. Pygmalion beobachtete das Mädchen, ihre Verstellung war natürlich, aufrichtig, man sah ihr an, daß sie nur an die Lüge glaubte, und das verlieh ihr einen zusätzlichen Reiz, eine katzenhafte, geschmeidige Fraulichkeit. Sie merkte, daß sie beobachtet wurde, hatte aber nichts zu verbessern, ohnehin war ihrem Benehmen anzumerken, daß sie nur der Eindruck interessierte, den sie hervorrief, nicht, was sie machte. Stürmisch und beherzt stieß Pygmalion die Umstehenden beiseite und blieb, in Erwartung des Höhepunktes des ersten Festtages, unmittelbar neben dem Mädchen stehen.

An manchen Stellen hatte man bereits begonnen, die Last ins Meer zu werfen, unter Stöhnen und Zuckungen am Ufer hinzustürzen, die Arme in die Höhe zu recken und Dithyramben zu singen. Pygmalion wartete auf den rituellen Tanz des rostroten Ziegenlamms, aber sie hatte es nicht eilig, ihr Körbchen wegzuwerfen. Mit einer ausholenden Armbewegung riß es ihr der *Vater des Gottes* vom Kopf, schleuderte es weit weg und sank als erster in einem Tanz zu Boden, der zugleich an das Zusammenkrümmen in Geburtswehen und an phallisches Ungestüm erinnerte. Das Mädchen sah herablassend zu, faßte sich aber nach einer Weile an den Kopf und begann so rührend ehrlich zu weinen, daß die Leute um sie herum, die in demselben ehrlichen Spiel mitspielten, zu ihr hinblickten. Pygmalion brach seinen Tanz ab und betrachtete im Vorgefühl des Genusses mit Vergnügen ihre Bewegungen und hörte ihrer Stimme zu, in der das rituelle Weinen das Mysterium des Welkens und Sterbens bis in den hohen Himmel verkündete, während die Bewegungen des Körpers ausdrucksvoll Geburt und Blüte stumm rühmten.

Alle bogen und krümmten sich, einander darin beflügelnd, und ohne Kommando und Zeichen machte die Prozession kehrt, die Rückkehr begann auf demselben Weg. Sie ließen das Meer hinter sich, das rot war von den Blumen, den kürzlichen Erdrutschen und dem Blut aus der Wunde des Adonis. Ganze Poeme improvisierter Wehklagen um den jungen Gott waren zu hören, Hymnen auf seine Beschützerin und leidenschaftliche Geliebte Aphrodite, auf sein Versinken im schwarzen Reich der Persephone, auf seine erwartete Auferstehung mit den ersten grünen Trieben des Knoblauchs, seine frohlockende Wiederkehr in die lichte Hälfte der Welt.

Pygmalion war vom allgemeinen Rausch ergriffen, er tanzte und weinte neben dem Mädchen, an seine Ohren drangen Wortfetzen von ihrem Klagelied auf den Gott der Jugend und des Blühens, auf die wie eine aufgeschnittene rote Melone klaffende Wunde des Adonis, auf die mit Blut besprengten Rosen und Anemonen. Sie tanzte in der Gewißheit, daß sie beobachtet wurde, nur mit ihrem Sichbiegen, Singen und Weinen beschäftigt, niemandem zugehörig, ohne durch etwas zu verraten, daß das Weinen, die Gebärden und Bemühungen des starken, reifen Mannes neben ihr sie interessierten.

Der Zug näherte sich der Stadt. Die Tanzenden zogen aus den Beuteltaschen ihrer leichten Kleidung Ähren reifer Gerste und halbreifen Weizens, warfen sie auf die Erde und begannen wie wild auf dem Hingeworfenen herumzutrampeln und es mit ihren Körpern auszudreschen und zu mahlen. Die Ähren starben vor ihren Augen wie ihr junger Gott, auf daß sich danach der unersättliche Wanst des Menschen vollstopfte. Jetzt bereuten sie das gottlose Ausplündern der Natur, ihre Einmischung in das Werk der Gottheiten. Der rituelle Tanz und das Weinen sollte die Natur wie die Götter gnädig stimmen, Vergebung und Segen erflehen. Die religiöse Ekstase der Menge erreichte für diesen Tag ihren Höhepunkt. Genuß vermengte sich mit Schmerz, Gesang mit Weinen, Tränen mit Lachen, die Tänze erinnerten immer mehr an ein Sicheinstimmen auf Ruhe und Tod. Als zu beiden Seiten der Prozession die Häuser erschienen, begannen sich Gruppen oder Paare abzusondern. Die ein bißchen zurückgeblieben waren, konnten hinter sich schon anderes Schreien und Toben vernehmen, das rituelle Festmahl begann.

In der seinem Haus nächstgelegenen Straße zog Pygmalion das Mädchen beiseite und nahm sie mit. Sie sah ihn an, als sähe sie den Mann neben sich zum erstenmal, ging aber folgsam hinter ihm her. Zu Hause war niemand überrascht, oder niemand ließ sich die Überraschung anmerken, als der *Vater des Gottes* an der gedeckten Tafel vorbeischritt. Mit einer Hand nahm er eine beschlagene Kanne Wein von der Tafel, mit der anderen führte er das Mädchen ins Innere des Hauses. Das hieß wahrscheinlich, sie sollten ohne ihn mit dem Essen anfangen. Drinnen nahmen Sklavinnen das Mädchen in Empfang und machten es zurecht, während der *Vater des Gottes* seine Vorbereitungen traf.

In dem nicht allzu großen, mit weichen, fein zusammengenähten Zobelfellen ausgelegten Zimmer saß Pygmalion auf einem Hocker und nippte an der Kanne. Nach einer Weile wurde das Mädchen nackt zu ihm hereingeführt. Sie setzte sich ihm gegenüber, wobei sie ein bißchen in sich zusammensank und ergeben, ohne Neugier dreinschaute. Mit dem anderen Gesicht, nicht den Augen, sondern jenem Sinn, mit dem er das von ihm aus dem Stein Gehauene betrachtete und abschätzte, sah er tief in ihrem Blick verborgenen Spott, jenen geheimen, versteckten Ungehorsam und das Gefühl der Unabhängigkeit, denen er seit jener Nacht mit der Frau im Heiligtum der Aphrodite nicht mehr begegnet war und die für ihn das unabänderliche Attribut der Aphrodite persönlich waren.

Auf seine Frage antwortete das Mädchen, sie heiße Astia, wisse nichts von ihren Eltern und sei auf dem Durchzug mit einer Gruppe aus Syrien, die Land zum Ansiedeln suche. Sie habe gehört, man hätte sie als ganz kleines Kind aus dieser Gegend hier nach Syrien gebracht, aber was könne man schon auf das Gerede der Leute geben. Mit Leib und Seele diene sie der großen Göttin-Mutter zu Ruhm und Ehre und gebe sich in deren Heiligtümern hin.

Pygmalion hatte diese wunderbare Nacht im Gedächtnis behalten, die Erinnerung daran versengte jetzt seine alternde und verhärtete Seele. In der Liebe war er besser gewesen als in seinen besten Jahren. Bisweilen hatte er verharrt, über das Mädchen gebeugt, und sie aufmerksam betrachtet, er wollte die Quelle der Leidenschaft entdecken, die der fügsame und schon erfahrene Körper in ihm erweckte, hatte aber wiederum nur den heimlichen Spott erfaßt und die Verschlossenheit, in der das Mädchen etwas für sich allein bewahrte. Dies entfachte erneut das Begehren, dem er sich lange und rücksichtslos hingab. Während man ihm durchs Fenster die nächste Kanne kühlen Wein reichte, dachte er in dieser Nacht, daß er in seinen Liebesspielen noch nie so hingebungsvoll und so ganz – von den Haaren auf seinem ergrauenden Kopf bis zu den Zehenspitzen – beteiligt gewesen war. Mit einem seligen Lächeln sagte er sich, daß die Götter und Mutter Aphrodite, von deren Liebe und Wohlwollen er immer mehr als von allem anderen überzeugt war, nicht gerecht handelten, indem sie seinen Körper und seine Seele erst jetzt so großzügig belohnten. Das Mädchen schlief. Ihr Körper von der Farbe einer rosa Krebsschale schimmerte in dem Raum. In süße Träume von einer Zukunft versunken, die ihm ohne diese geheimnisvoll lächelnden, beschatteten Augen, ohne diesen Körper wie mattes Feuer für den Rest seines Lebens undenkbar erschien, erwartete Pygmalion mit einer Kanne in der Hand den Morgen.

Am nächsten Tag begann das Fest zu Ehren der Auferstehung des bestatteten Gottes Adonis, lärmender und üppiger als das Begräbnis, erfüllt und überquellend von frühlingshaftem Jubel und Taumel. Pygmalion beachtete nicht mehr die bunte, feierliche Prozession, das alles war ihm von Kindheit an bekannt, er wußte, wie man es fertigbrachte, die ganze Menschenmenge ohne Wein in allgemeine Trunkenheit zu versetzen, in der am Ende jeder das Gefühl hatte, er nähme den von seinen Wunden genesenen jungen Gott mit sich nach Hause. Da er mehr als jeder andere in Paphos zur Reflexion neigte, war er früher imstande gewesen – oder hatte zumindest geglaubt, es zu sein –, die Vervielfältigung des Gottes in der Menge lebendig zu zeichnen. Er spürte sie, nahm sie wahr und wußte, daß er dies den anderen mitteilen konnte.

Jetzt aber ließ er das Mädchen nicht aus den Augen, freute sich über ihre Freude und wartete darauf, daß sie ihn wenigstens einmal so ergeben und hingebungsvoll ansah, wie er sie anschaute. Aber das Mädchen war mit allen Fibern allein von dem Fest und den rituellen Bewegungen hingerissen und gab sich ihnen wonnevoll und träge hin, wobei sie wieder stets darauf achtete, daß sie nichts Kostbares in sich verschüttete. Auf dem Rückweg folgte ihm Astia, die er mit glühender Hand gefaßt hielt, wieder fügsam wie am Tag zuvor, ohne Ungeduld, ja, wie es schien, ohne sonderliches Verlangen. Pygmalion ging der wunderliche, ihm bisher fremde Gedanke durch den Kopf, daß auch das Kostbarste, wenn es sich so offen und freigebig anbot, nichts wert war, und er ließ die Hand des Mädchens los, doch sie schien auch das nicht zu bemerken. In der Liebesdiplomatie nicht geübt, nahm der *Vater des Gottes*, sowie sie das Zimmer betraten, das Mädchen ungeduldig und gierig. Astia erschrak ernsthaft und ließ für einen Augenblick ihr rätselhaftes Lächeln verschwinden.

In dieser Nacht entdeckte Pygmalion noch eine Wonne, die er offenbar in ihrer Gegenwart empfand. Es war ihm angenehm, sie auszufragen und von seinen Erlebnissen zu erzählen. Wären die rostroten Wimpern nicht irgendwann nach Mitternacht schlafverlangend schwer geworden, so hätte er wohl nicht aufgehört zu erzählen. Er ertappte sich dabei, daß er bei der Wahl der Worte und Gedanken aufstockte, als wollte er größer und bedeutender erscheinen, als er wirklich war, und er war glücklich, wenn er entdeckte, daß er sie zum Lachen gebracht oder gefesselt hatte. Wenn er ihr lachendes Gesicht und das gelöste feurige Haar betrachtete, verlangte es ihn danach, sich in ihren Augen zu sehen, irgendwo in sie tief hinein versetzt, noch größer und bedeutender zu sehen, als er sich selbst darstellte, absolut, in der ganzen Bedeutung des Gesalbten und Lieblings der Götter, die er sich immer gab, damit man ihn mit jenem Blick anschaute, an den er sich bei seiner Mutter erinnern konnte, als er klein und der einzige war. An dem Gespräch beteiligte sich Astia lebhaft, leicht und mit Grazie, doch in ihren Blicken spürte man noch deutlicher die Verschlossenheit, mehr Neugier als Teilnahme, man sah, daß sie lieber kaufte als verkaufte, lieber nahm als gab. Das entfachte die natürliche Freigebigkeit des ehemaligen Königs noch mehr, er versprach Königreiche und bot stets mehr an, als verlangt und erhofft werden konnte. Von Anfang an war es klar, daß die Begegnung dieser beiden Herzen – des engen und des weiten – nicht glücklich sein würde.

Mit einer verzweifelten Geste zog der *Vater des Gottes* erneut das Mädchen an sich, das sich gewissermaßen verpflichtet fühlte, seine Liebkosungen zu dulden, damit das Gespräch nicht abriß. Anfangs betrachtete er aufmerksam den rosigen Körper, als wollte er auf ihm das Geheimnis entdecken, verweilte lange vor der rührend niedrigen, unter dem Haar versteckten Stirn, nachdem er das Haar angehoben hatte, als stehe dort alles geschrieben, doch schon nach einer Weile packte ihn die Tollheit, und er gab sich dem Spiel ohne Gedanken hin, ohne die geheimen Zeichen entziffert zu haben.

»Liebst du jemanden, hast du jemanden geliebt?« fragte einmal der *Vater des Gottes.*

Das Mädchen schien seine Frage nicht zu verstehen, oder ihr waren die Wörter, aus denen sie bestand, unbekannt. Pygmalion erklärte, daß er wissen wolle, ob sie bereit gewesen sei, sich für jemanden zu opfern, etwas ohne Gegenleistung für jemand zu tun, ob sie ohne diesen jemand nicht habe leben können und so weiter. Freigebig war ja die Geizige mit lieben Lächeln, eins bezaubernder als das andere, süß wie auf einem Kindergesicht.

»Alle habe ich geliebt, und für alle war ich bereit, zu tun, was ich konnte, doch sie sind verschieden, ich hingegen bin einzig und allein.«

Nach dieser Antwort dachte der ehemalige König, er hätte es mit einer Barbarin zu tun, die erst noch erfahren müßte, was Liebe war. Er und kein anderer wollte ihr dies zeigen, sie anstecken, aus ihr eine Göttin der Liebe machen, geliebt und liebend, hingegeben, die Hingabe des andern spürend, vereinigt mit dem andern wie dieser mit ihr. Dieser Gedanke berauschte ihn lange.

Die Festlichkeiten des Adonis gingen ihrem Ende zu. Das Liebesfest Pygmalions hatte gerade begonnen. Eines Abends ließ sich Astia nicht von der glühenden Hand des *Vaters des Gottes* führen. Sie sagte, sie wolle ›zu den Ihren‹ gehen, sie würden sich am letzten Tag des Festes sehen und dann wieder beisammen sein. Pygmalion konnte seinen Ärger nicht verbergen, bat sie, auch wenn es spät sein sollte, in der Nacht zu ihm zu kommen, doch sie blieb unnachgiebig. In dieser Nacht erkannte der *Vater des Gottes* endgültig, daß er ohne sie, ohne dieses lächelnde Gesicht, ohne seine zu Taten und Gedanken anregende Kraft nicht leben konnte. In der schlaflosen Nacht warf er sich herum, strengte voller Schmerz seine Vorstellungskraft an, um zu sehen, wo sie jetzt war, was es für Leute waren, die sie ›die Ihren‹ nannte, wie sie zu ihr standen und sie zu ihnen, und bei dem Gedanken, daß sie sich auch ohne ihn wohl fühlen oder sich im Bett eines anderen einfinden könnte, wie sie sich in seinem eingefunden hatte, stöhnte er laut und ächzte, griff zur Weinkanne, die schon längst nicht mehr beschlagen war. Er erkannte klar, daß das Leben ohne sie Salz und Sinn für ihn verloren hatte. Erleichtert erwachte er aus einem kurzen Schlummer voller schlechter Träume. Das erste, was er, selbst überrascht, über sich und seine Jahre spottend, dachte, war, daß er für sie zu allem bereit sei.

Astia erschien, wie sie es versprochen hatte, zum Fest. Sie fanden sich sogleich und begannen berauscht das Ritual zu erfüllen, das für den letzten Tag zu Ehren des Adonis festgelegt war. Sie übernahm leicht und fröhlich, leichter und fröhlicher als an den bisherigen Tagen, die Rolle der Aphrodite und der ergraute Mann an ihrer Seite die Rolle des Adonis. Mit rituellen Bewegungen heilte sie die von dem *Eber* geschlagene Wunde und betete zu Zeus, ihn nicht der Persephone zu geben. In ihrem Taumel begann sie den älteren Namen des Gottes zu nennen, Tammuz herbeizurufen, und das ein wenig gespielte Entsetzen verließ sie nur in dem Augenblick, in dem sie den Gott anflehte, ihren Geliebten nicht ›in das Land, von wo es keine Rückkehr gibt, in die Wohnung der Dunkelheit, wo Türen und Schlösser von Staub bedeckt sind‹, zu schicken. In einem bestimmten Augenblick, als das durchdringende Schrillen der Flöte dem ehemaligen König, der hingegeben Astias Bewegungen betrachtete und ihren Worten lauschte, die Eingeweide umdrehte, bezog er all das auf sich. Der Tanz wie die Gebete schienen nicht an die Götter gerichtet, sondern an ihn und für ihn bestimmt, sein Herz floß über vor Hingabe, und er faßte den Entschluß, sie zur Königin seines Lebens, seiner Gedanken und Taten zu machen, er war bereit, sich für sie das Königreich von Kinyras zurückzuholen.

Man ging daran, die Statue von Adonis, die er geschaffen hatte und auf die er stolz war, mit reinem Wasser zu waschen und mit duftenden Salben einzureiben, danach wurde sie in einen roten Umhang gekleidet. Er war nahe daran, die Tänze anzuhalten und alle auseinanderzujagen, um die Statue aufzurichten und ihr zu zeigen. Es begann kräftig nach dem aufreizenden Weihrauch zu riechen, der den Gott vom Tode erwecken sollte. Neben ihm schluchzte Astia auf und rief:

»O mein Kind, Geliebter und Priester!«

Pygmalion blickte auf sie mit jenem inneren Gesicht, das er an sich kannte und als eine Gottesgabe hütete, und er sah Aphrodite so, wie er sie sich immer vorgestellt hatte, bereit, in diesem Augenblick ins Reich des Aides hinabzusteigen, um ihren Geliebten loszukaufen und aus dem Reich des Todes heraufzuholen. Von da an interessierte ihn das lange Fest nicht mehr, das in allgemeiner Tollheit vor dem Nordtor der Stadt zu Ende ging. Er wartete einfach, daß es endete, wartete voll Ungeduld darauf, mit Astia heimzugehen in ihr Reich, in das kleine, behagliche Zimmer mit den Zobelfellchen in seinem geräumigen Haus.

Vom Schönsten haben wir keine Erinnerung – das dachte Pygmalion später, als er sein Gedächtnis anstrengte, um sich den letzten Abend wieder vor Augen zu führen. Nichts kam dabei heraus, außer einer stets schwächer werdenden Aufwallung von Glückseligkeit, die immer teurer wurde, weil sie versiegte, und immer süßer, weil sie unwiederbringlich war. Am Morgen bat

Astia abermals, zu ›den Ihren‹ gehen zu dürfen, und kam nicht wieder.

Er suchte sie, die ersten Tage in Paphos und der Umgebung, danach auf der ganzen Insel, entdeckte aber keine Spur. Er fand nur heraus, daß sie im Gefolge der braunen Ankömmlinge aus der Levante, mit den schwarzen, diebischen Händen und den großen, häßlichen Zähnen, davongezogen war, jenen Unschönen und Leichtsinnigen, die sich zufällig zur Zeit der Feierlichkeiten für den großen und schönen Adonis hier eingefunden hatten.

Bis hierher erzählte der Alte an diesem Abend. Ich weiß noch genau, daß er mit Astias Verschwinden aufhörte. Ich war bereit, weiter zuzuhören, er bemerkte es, machte aber Schluß und sagte:

»Fortsetzung folgt, so steht es doch in Zeitungen und Zeitschriften, nicht? Damit noch etwas für einen anderen Abend bleibt, morgen müssen wir ohnehin arbeiten.«

Jetzt, wo ich diesen Abschnitt abgeschrieben habe, unter Weglassung der Anführungszeichen übrigens, fällt mir auf, daß ein paar der Kommentare fehlen, die der Professor beim Erzählen einflocht, offenbar für Laien wie mich. An einige kann ich mich noch erinnern.

»Die Menschen ahnen gar nicht, wie oft es vorkommt, daß die gleichen Wörter zu verschiedenen Zeiten unterschiedlichste Bedeutung haben. Wenn ich Kinyras oder Pygmalion als ›König‹ bezeichne, so möchte ich zugleich, ohne zu wissen wie, verständlich machen, daß dies nichts mit dem gemein hat, was die Menschen seit den absoluten Monarchien unter diesem Wort verstehen. Auf der kleinen Insel hat es zur Zeit des Perikles ein rundes Dutzend ›Königreiche‹ gegeben, und so unfeierlich das klingt, kann ich dir sagen, daß für die ›Könige‹ jener Zeit die Bezeichnung ›Bürgermeister‹ viel zutreffender wäre. Auf die damalige Zeit bezogen, klingt das jedoch unsinnig und lächerlich. Hinzu kommt, daß diese Könige oft noch Priester und Götter waren, sie vereinten in sich die geistliche und weltliche Macht und vertraten in den Augen des einfachen Volkes die Götter auf der Erde; viele von ihnen glaubten sich aus heiligen Vermählungen mit Göttern hervorgegangen, hielten sich für Göttersöhne, andere vergöttlichten sich selbst, und ihre Verwandten wurden entweder zu Gottesvätern oder Gottessöhnen und so weiter. Das Gefühl der Vollkommenheit, der Ganzheit, des Anteilhabens am Sein wurzelte bei diesen Kindern, den Griechen und den von ihnen zivilisierten Völkerschaften im westlichen Asien, in ihrem vielgestaltigen, leichten, ungezwungenen Verhältnis zu Göttern, Königen und Priestern, dem Fehlen einer reglementierten Distanz zwischen ihnen, den Verschiebungen der Orte, in dem, was Ovid ›Metamorphosen‹ nannte, Möglichkeiten der Umwandlung der einen in die anderen.«

Das Feuer war längst ausgegangen, die Asche hatte, was für dieses warme Klima charakteristisch war, sehr langsam, aber sicher die Glut zugedeckt. Trotz der Windstille schüttete der Alte sorgsam Sand auf die Kohlen, überprüfte genau, ob alles in Ordnung, ob jede sicher abgedeckt war, und richtete sich auf. Sein Gesicht war fahl wie die Asche, die vor einer Weile das Feuer überwältigt und ausgelöscht hatte. Dann suchte er abwesend seine Siebensachen zusammen und brach auf; ich folgte ihm.

Vierte Nacht

Trotz besten Willens konnte ich am nächsten und übernächsten Abend nicht zu dem Alten gehen. Am ersten mußte ich eine Versammlung abhalten. Ich dachte, es sei pro forma, damit keiner sagen konnte, wir hätten auf jede Versammlung verzichtet, denn die Arbeit lief im großen und ganzen gut, und ich sah nicht, was es groß zu erörtern gab. Ich sprach kurz und nur der Form halber, nur soviel, wie nötig war, hoffte, daß wir bald fertig sein würden und ich mich auf den Weg machen könnte.

Aber es kam anders. Meine Leute hatten die Versammlung schon schmerzlich vermißt, unsere zypriotischen Freunde schienen sie leidenschaftlich herbeigesehnt zu haben. Dazu mußte gedolmetscht werden, mal für die einen, mal für die anderen, es wurde ein internationales Symposium daraus. Entsetzlich! Es hagelte Fragen, manche nahmen fünf- und zehnmal das Wort, vergebens schaute ich erst heimlich, dann offen auf die Uhr, doch das schien die Versammelten nur noch anzuheizen, ich hatte das Gefühl, sie legten es absichtlich darauf an, meinen Spaziergang wie mein geheimnisvolles Verschwinden zu vereiteln. Sie redeten und redeten, bis zum Gehtnichtmehr. Sie hörten erst auf, als alle müde und hungrig waren und mein Kameramann Dantscho mit seiner spitzen Zunge das kleinliche Gezänk mit Pathos bei Paphos, wie er sich ausdrückte, zu imitieren begann und alle zum Lachen brachte. Zum Weggehen war es schon zu spät.

Am Abend darauf gab es eine Fete, und ich wurde vorsorglich ermahnt:

»He, Chef, daß du heute abend nicht wieder verschwindest! Laß sie nur auf dich warten, dann bist du morgen um so willkommener. Wir setzen einen Hund auf deine Fährte, werden ja sehn.«

Was half's, ich versprach es und blieb. Wenn ich sagte, daß ich es bedauerte, müßte ich lügen. Ich flirtete mit einer unserer wenigen Miezen, in der Mehrzahl waren wir Kerle. Eigentlich brauchte ich mir gar keine Mühe zu geben, sie fiel von selber um. Wie dem auch sei, als ich zum Schluß aufbrach, spürte ich im Rücken einen langen, langen Blick, der mich hinausbegleitete. Dabei wußte ich doch, daß er nach einer Weile auf Dantscho fallen würde. Derselbe Blick auf dieselbe Art und Weise. Doch was soll's.

Wenn ich meinem Alten, dem Übergeschnappten, erzählt hätte, ich wäre lieber bei ihm gewesen als bei irgendeiner oder seiner Astia, dann hätte er sicher nicht schlecht gestaunt. Vielleicht hätte er mich davongejagt. Miezen sind Miezen, wie viele mögen es sein, von denen ich nicht nur die Gesichter, sondern auch die Namen vergessen habe, sie verschwimmen in ihrer Mannigfaltigkeit – einen Typ wie ihn jedoch, wo gäbe es den noch einmal? Ich werde über das, was er mir erzählt hat, einen Bombenfilm machen, der Fellini in den Schatten stellt, mit ein paar ineinandergreifenden Ebenen – angefangen bei den Dreharbeiten zu unserem Schnickschnack bis zu dieser hochgelobten Astia und dem spinnerten König. Die Sache interessiert mich, sie wird mich bekannt machen, ich habe eine Hundenase, ich kenne mich aus, nur diesen Blödsinn hier rasch zu Ende bringen, und ich fange an ...

So kam ich an den Ort unserer Begegnungen. Ich wurde erwartet wie bisher. Der Alte schien es darauf anzulegen, daß ich von selbst begriff, man habe mich auch an den beiden vorangegangenen Abenden erwartet. Während ich mich niederließ, überkam mich brennendes Mitleid, ich dachte mir, daß dieser über die unvermeidliche Thermosflasche gebeugte Vogel vielleicht wirklich krank war. Ich fühlte mich schuldig, und ohne etwas auszusparen, erzählte ich mit meiner geschwätzigen Zunge den Grund für mein Fernbleiben. Der Alte hörte interessiert zu, und als ich zu der Mieze und dem nächtlichen Abenteuer kam, heiterte ihn das richtig auf, er sah mich an und hatte seine Freude an mir, als wäre ich ein 500-Mark-Schein. Nach einer Weile merkte ich, daß ich mich zu sehr verbreitete, daß wir Zeit verloren und ich die Sitzung verdarb. Schließlich war ich nicht hier, damit man mir zuhörte, sondern um selbst zuzuhören, und daß mein Zuhören nicht mehr ganz uneigennützig war, wagte ich mir nicht einzugestehen. Als ich den Schmerz in der erzählenden Stimme vernahm, hatte ich das Gefühl, alles zu verderben, wenn ich damit herausrückte, daß die Worte und Erlebnisse dieser Geschichte in einem Szenarium erscheinen sollten.

Nachdem ich innegehalten hatte, sprachen wir ziemlich lange schweigend dem Getränk zu, wir fühlten uns auch beim Schweigen schon nicht mehr befangen. Ich merkte, daß nicht ich ihn verlegen machte. Er brauchte, das lag auf der Hand, Stimmung, er mußte sich in einen bestimmten Zustand versetzen, um in seiner Erzählung fortfahren zu können. Es war für mich nicht schwer zu erkennen, daß er an diesem Abend die Inspiration aus der Thermosflasche erwartete. In dem Schweigen war nichts Peinliches.

»Weißt du«, begann er an diesem Abend wie gewöhnlich, aber irgendwie matter und nicht recht bei der Sache, »wenn ich so darüber nachdenke, sehe ich, daß meine Geschichte eigentlich banal ist, sie ist oft vorgekommen und kann jedem begegnen, Mann wie Frau, aber die Leute sehen sich lieber als der betrogene Pygmalion und vermeiden meist, darüber nachzudenken, vor wem sie die Rolle der Astia gespielt haben oder, populärer gesagt, die Rolle der ungetreuen, ein bißchen dümmlichen Galatea. Vielleicht liegt auch etwas Klägliches in dem Bemühen, unsere banalen Geschichten mit der Welterfahrung in Zusammenhang zu bringen, uns irgendwie Weltbedeutung zu geben. Da wir selbst ihren geheimnisvollen Sinn nicht völlig erfassen und kein neues Phänomen bilden können, aus dem ein Mythos, eine Legende, ein Märchen entsteht, klammern wir uns schnell an den Mythos und die Märchen der Vergangenheit. Da wir die Bedeutung des Einzelfalls nicht ganz begreifen, beeilen wir uns, das Allgemeine, Typische stracks bei den Hörnern zu packen und ihm ohne Umschweife den Hals umzudrehen. Das ist dem Menschen an sich eigen – und je weniger es ihm gelingt, mit sich selbst klarzukommen, desto schneller und leidenschaftlicher will er die Welt in Ordnung bringen.«

Die letzten Worte waren mit kaum verhohlener Geringschätzung gesprochen und an eine bestimmte, mir jedoch nicht bekannte Adresse gerichtet. Es folgte ein neues, langes Schweigen. Ich überlegte, wie ich ihn dazu bringen könnte, an diesem Abend über etwas anderes zu sprechen, ob ich alle meine Tricks anwenden sollte, um ihn abzulenken. Doch er fing wieder an zu erzählen:

»Sie war meine Studentin und fiel mir gleich in der ersten Vorlesung im dritten Studienjahr auf, aber auch sie bemerkte, daß ich sie bemerkt hatte. Sie saß links am Ende der ersten Reihe, hörte aufmerksam zu, schrieb ab und an mit, und mir schien, ihr sei klargeworden, daß sie mich sozusagen inspirierte. Ich gab rasch den üblichen Predigerton der ersten Vorlesung auf, die jedem Professor lästige Empfehlung des Fachs, die wie eine Art Werbung ausfällt, und improvisierte etwas Fesselndes, Packendes, ein kleines Poem in Prosa zu Ehren der Dame Archäologie, wobei ich nicht versäumte, mich in den Mittelpunkt zu stellen und von den erregendsten Momenten meiner wissenschaftlichen Erlebnisse zu berichten. Ich kam zum Ende und schämte mich. Ich sah mich als einen Pfau, der nichts Eiligeres zu tun hat, als sein Rad zu schlagen wie der mit dem Goldhut aus dem Gedicht von John Donne. Hastig verließ ich den Hörsaal, ohne jemanden anzusehen, und auf dem Gang sagte ich mir immer wieder: ›Tanz nur, tanz, Goldhut!‹ Es war mir wirklich peinlich, aber das Mädchen hatte mich ungewöhnlich beeindruckt – mit den dunklen, feurigen Augen, dem rabenschwarzen Haar um das wie warmer zyprischer Kalkstein weiße Gesicht mit der hohen Stirn.

Ich zeige dir einmal eine Aufnahme von einer Statue mit ungewöhnlichen Schatten unter den Augen, die eine ungefähre Vorstellung von ihr gibt. Ich habe eine berufsmäßige Schwäche für die Skulptur, für ihre vollendeten, vollen Formen, für die nie zufälligen Deformationen, die die Harmonie noch anziehender machen. Mit einem Wort, *sie* erinnerte mich an Musterexemplare, die in ihr zum Leben erweckt schienen.

Danach lief alles wie üblich ab. Sie trug sich in mein Seminar ein, das ich seit geraumer Zeit meinen Assistenten überlassen hatte und das ich zur allgemeinen Verwunderung auf einmal regelmäßig zu leiten begann. Ich leitete indes nicht nur das Seminar, sondern führte seine Teilnehmer nach den Übungen auch in Cafés und Restaurants und redete und erzählte mehr, als es einem Professor anstand. Überhaupt schlug ich das Pfauenrad länger, als es, wie ich sehe, in unserer Zeit üblich ist. Doch ich tat es mit Hingabe und einem nicht recht zu meinem Alter passenden Feuer. Das Mädchen – mir gefiel auch, daß sie den klassischen Namen Maria trug – hatte offenbar längst gemerkt, wem meine Bemühungen galten, verhielt sich aber zurückhaltend, sogar ein bißchen streng, betonte ihre Anwesenheit nicht, tat, als bemerkte sie diese Bemühungen, dieses Werben auf Umwegen nicht.

Ein paarmal geschah es, daß sie bei unseren Sitzungen fehlte, anstandshalber lud ich die Teilnehmer wieder ein, das Gespräch bei einer Tasse Kaffee fortzusetzen, doch mir schien, alle bemerkten meine verdorbene Stimmung, die matten Geistreicheleien, die allzu häufigen Blicke auf die Uhr. Ich fragte mich kopfschüttelnd, was es für sie Wichtigeres geben konnte als unsere Sitzungen, als wäre sie der Professor und ich der Student. Ich stellte mir vor, sie sei krank oder habe eine kranke Mutter, das Herz wollte mir überfließen vor Bereitschaft zu helfen, zu helfen mit allem, was ich hatte, zu Hilfe zu eilen, meine Verbindungen einzusetzen, meinen Namen zu benutzen, alle meine ehemaligen und jetzigen Studenten zu mobilisieren, die immer bereit waren, etwas für mich zu tun, Geld anzubieten und so weiter und so fort, was nicht noch für Dummheiten, woraus ich ersah, daß ich schon total verschossen war. Ich kenne mich gut, nur der liebe Gott kann mich in so einer Situation vor den niedrigsten Demütigungen bewahren, und auch der nicht immer.

Meine Erfahrung in diesen Dingen ist in Wahrheit recht bescheiden, aber es geht dabei nicht um Erfahrung, sondern um Natur, Gene, Charakter. Meine Liebe zu mir, mein Egoismus und Individualismus sind von besonderer Art. So paradox es auch sein mag, sie haben einen Hang zum Sippenhaften, Patriarchalischen. Sie sind so grenzenlos, daß sie überzulaufen, alles ringsum zu überschwemmen und zu ertränken drohen und nur den vorbehaltlosen Einzug in den anderen gelten lassen, ohne einem zweiten Raum zu geben, einen absoluten, dauerhaften, behaglichen und bequemen Einzug auch bei mir, wo immer eine gewisse Sicherheit zu finden ist. Es ist dumm, aber wahr, ich habe darunter viel gelitten und leide noch, das darf ich sagen. Für mich besteht Liebe im Geben und Sichselbstverausgaben ohne Rücksicht auf irgendwelches Nehmen, selbst ohne Nehmen, doch anscheinend bemerken wir aus dem uns innewohnenden Egoismus oft nicht, wenn wir uns nicht in den Menschen verlieben, sondern in unser Geben, die von dem andern geschaffene Möglichkeit zu geben oder uns einzubilden, daß wir geben. Mit anderen Worten, wir beginnen von Anfang an den Stein jener eigenen Plastik zu behauen, in die wir uns verlieben werden.

Auf jeden Fall hatte ich mich ans Werk gemacht und sofort damit begonnen, meinen Stein zu behauen. In meiner Vorstellung zeichnete ich die ideale Gestalt. Ich brauchte nur noch die Details nach und nach aufzutragen, die Ähnlichkeiten herauszuarbeiten. Eines Abends, als wir in dem Restaurant nahe der Universität ein bißchen getrunken hatten, ergab es sich irgendwie von selbst, daß ich zum Schluß mit dem Mädchen übrigblieb und sie nach Hause bringen mußte. Inzwischen denke ich, daß meine Studenten, in deren Augen ich vielleicht schon jämmerlich und lächerlich war, diesen Zufall arrangiert hatten. Langsam gingen wir den Boulevard ›Ruski‹ hinauf, ich fühlte mich wohl, der Alkohol hatte die sonst angezogenen Bremsen gelockert, ich merkte selbst, daß ich fesselnd sprach und das Mädchen mich gern hörte und ansah. Wir kamen am Hotel ›Bylgaria‹ vorbei, ich schlug vor, in der Bar im Erdgeschoß noch etwas zu trinken, das Mädchen hatte es gar nicht eilig, und so ging es weiter. In der Bar kam sie auch ins Erzählen und erklärte voller Eifer, daß sie beschlossen habe, sich der Archäologie zu widmen, es zeigte sich, daß sie vom Handwerk mehr wußte, als ich vermutete. Als sie auf ihre häuslichen Schwierigkeiten zu sprechen kam, auf die Streitereien zwischen Vater und Mutter, die sich hätten scheiden lassen, streichelte ich ein paarmal sanft ihre weiße, schmale Statuenhand, aber sie schien es nicht zu bemerken. Spät nach Mitternacht brachen wir auf. Vor der Tür des Hauses, in das sie mit ihrer Mutter vorübergehend gezogen war, küßten wir uns ungeschickt und verständigten uns ohne Umstände, uns am nächsten Abend zu sehen.

Es heißt, das Glück habe keine Geschichte, so ist es. Ich kann sagen, daß ich etwa anderthalb Jahre glücklich mit ihr war. In dieser Zeit gab es keine Gaststätte, kein kleines Vorstadthotel, wo wir nicht gewesen wären. Im Winter versteckten wir uns an der verödeten Küste, es gab kein Getränk, das wir nicht probiert hätten, ich kochte sogar mit Begeisterung, wenn wir uns irgendwo für länger niederließen. Sie rekelte sich träge wie eine Katze, zeigte sich weder von meinen kulinarischen Künsten noch von den Getränken hingerissen, denn sie war eine gleichgültige Dilettantin, sondern von meinen endlosen Improvisationen, Berichten über wissenschaftliche Pläne, die wir zum großen Teil gemeinsam verwirklichen würden, über meine Einfälle und Ideen bezüglich unseres gemeinsamen Berufes. Überhaupt hatte ich das selbstgefällige Gefühl, daß sie mich und alles, was mit mir zusammenhing, bewunderte.

Es nahm einen Verlauf, der mir eine übertriebene Zuversicht gab, und mein ohnehin nicht geringes Selbstgefühl blähte sich geradezu auf; die Arbeit ging mir von der Hand, und ich schrieb, den ersten Leser und Zuhörer vor Augen, mit Hingabe von den Forschungen über die neuen Ausgrabungen bei Paphos, die soeben eingeleitet worden waren. Jetzt habe ich das Gefühl, daß mich damals paradiesische Musik begleitete, mich leicht und freudig auf ihren Flügeln trug. In Marias Gegenwart hatte ich plötzlich Erleuchtungen, seltsame Einfälle, und ich könnte einen ganzen Band Entwürfe herausgeben, die ich in meiner Angeberei vor ihr als ausgereifte Pläne künftiger Arbeiten dargestellt hatte. Sie hörte mir mit Teilnahme zu und geriet selbst in Feuer. Alles andere mag sterben oder bereits gestorben sein, aber ich bin überzeugt, wenn etwas aus dieser Zeit in ihr zurückgeblieben ist, dann das Gefühl für den Geist der Archäologie, für ihren Sinn und Inhalt, dafür, wie man an sie herangehen muß. Diese Dinge gehen nicht verloren.

Unser Himmel war wolkenlos, uns umschwebte der berauschende Wohlgeruch des Glücks, ich war meiner selbst und ihrer völlig sicher, dieses Gefühl hatte seinen Höhepunkt erreicht. Zu einem bestimmten Zeitpunkt wollte es mir sogar scheinen, daß ich mehr geliebt wurde, daß ich nicht so freigebig und vorbehaltlos gab, wie ich empfing. Und gegen jede normale Logik begann ich von Zeit zu Zeit auszukneifen, mich zu drücken, ich hatte ohnedies viel mehr Arbeit, Verpflichtungen, alte

Bindungen. Ich hatte schon angefangen, das Luftschloß unseres künftigen gemeinsamen Lebens zu bauen, hatte es aber nicht eilig, davon zu erzählen, denn die Pläne waren allzu verwickelt, berührten viele Menschen, die ich liebte und die mich liebten. Ich hielt bis zur Besessenheit daran fest, daß man das eigene Glück nicht auf dem Unglück anderer gründet. Als hätte ich diesen anderen das reine Glück gebracht. Der Familienkreis, die Kinder, die Freunde an der Universität, anscheinend alle sahen, was mit mir geschah, aber alle warteten vernünftigerweise, daß dieser ganze amore furioso von selbst vorbeiging, daß die übliche Lösung kam, und niemand, absolut niemand, getraute sich, mich auf dieses Thema hin anzusprechen. Ich bemerkte die abwartende Stille um mich herum, maß ihr aber keine Bedeutung bei. Lediglich von Zeit zu Zeit verdüsterte ein anonymer Brief die eine oder andere gemeinsam verbrachte glückliche Stunde. Doch mein physischer Widerwille gegen diese Art Literatur half mir, sie rasch zu vergessen, die meisten dieser Briefe zerrissen wir, ohne sie überhaupt zu lesen. Bloß ein Satz ist mir aus diesen Briefen im Gedächtnis geblieben: ›Diese Katze wird Ihnen bald die Augen auskratzen, aber die brauchen Sie ja offensichtlich ohnehin nicht!‹

Unsere Glückseligkeit dauerte an, die Glückseligkeit eines alternden Fauns und einer Virginia, eines alten Daphnis und einer Chloe. Und abgesehen davon, daß das Glück keine Geschichte hat, ist es anscheinend auch noch blind. Was ich in dieser schon reifen Liebe an mir und für mich entdeckte, war ein wirkliches Wunder. Unsere gemeinsamen Tage und Nächte waren von uns als einem Ganzen erfüllt, nicht nur von den Körpern, auch von unseren Seelen, unsere Welten und Auren flossen ineinander, ich merkte nicht mehr, wo das Ihre begann und das Meine endete, alles hatte sich verdoppelt, erweitert, ausgedehnt. Sie gab und ersetzte mir alles, was ich geliebt oder zu besitzen und nie zu verlieren geträumt hatte.

Vielleicht haben mich die Götter bestraft, weil in meinem Erleben auch Lästerung war. Doch Tatsache ist, daß ich in den sonnigen Augenblicken, wo ich ihr weißes, trauriges Madonnengesicht streichelte, gleichsam meine Mutter liebkoste und wieder Kind war, ein Sohn. Wenn ich sie aus dem einen oder anderen geheimen Winkel betrachtete, drängte sich mir oft lebhaft das Gefühl auf, meine Mutter als junge Frau zu sehen, die jünger als ich war. Ich liebte es, in ihren schwarzen, glänzenden Augen meine eigene Bedeutung und meinen nicht existierenden Riesenwuchs zu entdecken, jene absolute, nicht relative Bedeutung, die ich in den Augen meiner Mutter erkannt hatte und die der höchste Ausdruck der Liebe, reiner Liebe, ist.

Bisweilen wollte mir scheinen, ich hätte endlich die ungeborene Schwester gefunden, die ich mir immer gewünscht hatte. In manchen verschämten Gesten entdeckte ich etwas Schwesterliches, Samariterhaftes, Vergebung und Gnade, Gnade und Vergebung, und Tränen traten mir in die Augen. Ein andermal entdeckte ich die künftige Gattin, die Mutter meiner gesunden und tapferen Jungen, die treu war und dem häuslichen Herd verbunden, die Vestalin, die alles in Liebe und Eintracht hüllte.

In einem besonders innigen, von Stille und Ruhe erfüllten Augenblick vertraute ich ihr eine meiner frühesten Kindheitserinnerungen an, die wahrscheinlich eine große Rolle bei der Formung meiner Vorstellungen vom Leben gespielt hatte. Ich war mitten in der Nacht plötzlich wach geworden. Auf dem Bett nebenan saß mit herabhängenden Beinen in einem weißen Nachthemd mein Vater. Meine Mutter, halb liegend auf einen Arm gestützt, war an ihn herangerückt, mit der freien Hand streichelte sie seine Schulter, und ihr Gesicht leuchtete vor Hingabe. Er schwieg traurig und düster. Mit bittender Stimme sagte sie zu ihm:

›Sprich, sage mir, was du hast, damit ich es auch habe!‹

Weißt du, auch später habe ich nie eine bedeutsamere Formel für die Liebe gehört.

Ich meinte, Maria nehme mich auch so uneingeschränkt, so vorbehaltlos hin wie ich sie. Natürlich, es war offensichtlich, daß sie in mir den Vater ihrer Kinder sah. Mir konnte nicht verborgen bleiben, daß ich ihr, die in familiären Wirren, Streitereien, Zwistigkeiten aufgewachsen war, sozusagen den richtigen Vater, den nicht existenten Bruder, die nicht gefundenen Freunde ersetzte, und gleichzeitig war ich der Lehrer, der geistige Führer, der Priester in ihrem kleinen Tempel. Wenn du willst, kannst du das alles für blanken Unsinn halten, die Frucht einer gierigen Phantasie. Und du hättest damit völlig recht.

Denn die eigentliche, platte und häßliche, Wahrheit war, daß wir ein Liebespaar waren, das sich, so oft und so gut es konnte, versteckte. Aber auch dabei fühlten wir uns wohl. An meinen Händen sind gleichsam bis heute Male zurückgeblieben, und deutlich spüre ich noch sechzehn Jahre danach die Berührung dieses reinen, weißen Körpers, dessen Marmorformen sich bei den Berührungen allmählich erwärmten und belebten. In einem bestimmten Moment wurde Maria blind, wie von Sinnen ließ sie das Weiß der Augen hervortreten und glich ganz und gar einer lebendig gewordenen Statue. Du hast doch die blinden Augen der Statuen sicher schon bemerkt?

Anscheinend habe ich die plastische Gestaltung meiner Liebe und Phantasie allmählich zu Ende, zur Vollendung gebracht. Natürlich war auch ein Material vorhanden, mit dem man bauen, meißeln, modellieren konnte. Doch zwischen dem unbehauenen Stein und der Skulptur ist, wie du weißt, ein himmelweiter Unterschied. Das

Material blieb Material, es war ein Teil von der Zeit, die allen Formen vorausgeht, vom Chaos. Das übrige war Frucht der Einbildungskraft, des Gewünschten, von dem wir glauben wollen, daß es wirklich ist. Ja, an Material hat es nicht gefehlt, aber das Ganze war in einer Art embryonalem Zustand, unentwickelt oder rudimentär, ein Überrest, der schon seiner Natur zufolge keiner Entwicklung unterlag.

Sie beteuerte oft, besonders, wenn sie mir eine Freude machen wollte, sie sei mein Geschöpf. Der selbstgefällige Schafskopf lächelte dann verklärt, und ohne seine Selbstzufriedenheit verhehlen zu können, gab er sich Mühe, es in einen Scherz zu verkehren, indem er erklärte, er könne, da er kein Wundertäter sei, nicht in einem Jahr ein fünfundzwanzigjähriges Geschöpf erschaffen, und was derlei Geschmacklosigkeiten mehr sind. Jetzt erkenne ich, daß der Doppelsinn dieses Satzes damals weder mir noch ihr aufgegangen ist.

Wie mag sich dieses Kind über den mangelnden Verstand des Professors und Ehemannkandidaten gewundert haben. Aus allem, was ich jetzt, hinterher, weiß, sehe ich, daß es gar nicht anders sein konnte, als daß sie über sich selbst wie über die anderen verwundert war. Wenigstens hat es ihr an der Fähigkeit, sich über die Wunder dieser Welt zu wundern, nicht gemangelt, und sie hat es ziemlich indiskret gezeigt. Wenn ich jetzt nur daran denke, wie sie sich in intimen Augenblicken mit dem, der mich ersetzt hat, über mich gewundert und mich sogar bewundert haben mag, möchte ich wie Samson aufspringen und mit der Schulter die Säulen umstürzen, die dieses Haus tragen, selbst wenn wir alle unter den Trümmern umkommen. Zum Sichwundern und Entrüsten zeigte sie sich außerordentlich befähigt, für die Liebe war sie nicht vorbereitet. Ich höre auf, ich höre auf!« rief er sich selber zu. »Ich kann mich nicht leiden, wenn ich anfange, mich über andere zu empören. Ich hatte heute viel zu tun und bin müde, und dich habe ich auch ermüdet, mein Junge.«

Ich hätte allerhand zu sagen und zu fragen gehabt, getraute mich aber nicht. Wir suchten rasch unsere Sachen zusammen und brachen auf. Wind war aufgekommen, der durch die Stille und Finsternis fegte. Vom unverändert ruhigen Meer kam das lockende Tuten eines Dampfers, das dem Liebesruf eines großen, wollüstigen Tieres glich.

Fünfte Nacht

Meine Aufzeichnungen werden eintönig, aber ich lege vor allem Wert darauf, daß sie genau und zuverlässig sind. Am Abend darauf vermochten mich keine Überredungskünste im Lager zurückzuhalten. Für alle stand es unumstößlich fest, daß ich zu einer Verabredung ging. Aber niemand dachte auch nur im entferntesten daran, daß ich mich nicht mit einem Mädchen traf, sondern mit einem alten, klapprigen Mann. Kein anderer wäre wohl zu so einem Treffen geeilt. Mich aber begannen die Geschichten von Pygmalion und dem Alten, mit den Dreharbeiten zu unserem Schnickschnack verquickt, immer mehr als Vorwurf für einen Film zu interessieren. Daraus könnte ein neuer, ebenfalls hier gedrehter Streifen werden, eine Koproduktion mit internationaler Beteiligung und großen, weltbekannten Filmschauspielern und so weiter. Es war mir nicht versprochen worden, doch gerade jetzt erwartete ich die Fortsetzung der Geschichte vom alten Pygmalion, ich dachte sogar daran, dem Alten eine Andeutung zu machen, daß wir in Sofia zusammen das Szenarium schreiben könnten.

An diesem Abend änderte ich die Marschroute und ging direkt am Ufer entlang. In der eintretenden Dämmerung rauchte das Meer gleich einem gigantischen Feuer ohne Flammen, die Felsen der Aphrodite waren zeitig in ihre fernen Träume versunken, ich schritt über das bunte Mosaik des Meeresufers mit den ideal geglätteten Steinchen, von denen manche mit gelben Augen leuchteten. Vom Meer aus sah das Ufer ausgedörrt und kahlgerupft aus, es war etwas Wüstenartiges und Tristes in dieser jämmerlichen Kahlheit mitten im Überfluß von so viel Sonne und Wasser. Von hier aus erinnerte mich das Bananenwäldchen noch deutlicher an die Fledermäuse, die ungeduldig auf die Nacht warteten, um zu den gegenüberliegenden Höhlen zu fliegen. Die Luft war voll verwirrender Düfte, es roch nach ausgetrockneter Erde und zugleich nach Meer, ein leichter Wind trug von irgendwo den Jodhauch der Wasserpflanzen und den Geruch faulender Zitronen herbei. Nur wenige Schritte weiter roch es nach Melonenschale oder dem unerträglich verströmten frischen Aroma eines soeben geplatzten grünen Kürbisses.

Jetzt bemerkte mich der Alte von weitem und winkte mir freundlich zu. Das Feuer brannte, alles übrige war an seinem Platz, wie es sich schon eingebürgert hatte. Sogar hier schien sich jemand um diesen Menschen zu kümmern. Ich hatte bemerkt, daß wir am Tag zuvor mit den Paradiesfrüchten, die er mitgebracht hatte, das weiße Tischtuch bekleckert hatten, doch jetzt schimmerte auf dem Tisch eine gestärkte, blütenweiße Decke. Auf dem Tisch kam jedesmal etwas Neues dazu, an diesem Abend waren es die ebenso malerischen wie wohlschmeckenden Mangofrüchte. Ich machte es mir als geladener und erwünschter Gast bequem. Vermutlich aus purer Höflichkeit begann mich der Professor auszufragen, wie es mit der Arbeit lief, was wir den Tag über gemacht hatten. Auf jeden Fall verstand er es, sich den Anschein zu geben, daß ihn dies alles wirklich interessierte, er konnte zuhören, und es bereitete mir Vergnügen, ihm etwas zu erzählen. Doch wir spürten beide, daß dies Präludien waren, ich nehme an, er wartete mit größerer Ungeduld als ich darauf, daß ungezwungen der Augenblick kam, an dem wir das begonnene Gespräch fortsetzen konnten. Ich kann nicht bestreiten, daß er immer das Rechte traf:

»Wahrscheinlich wartest du auf die Fortsetzung der Geschichte vom alten Pygmalion. Noch nicht! Hör dir jetzt noch etwas über den neuen an, und sei nicht böse, daß ich deine Hoffnungen enttäusche. Ich weiß nicht, wie, womit und wann, aber eines Tages werde ich mich für deine Geduld erkenntlich zeigen. Es war sehr qualvoll für mich, allein an diesem Ufer, die Knoten meines Lebens zu entwirren, die sich als recht zahlreich und fest zugezogen erwiesen haben. Mir wird wirklich ein bißchen leichter ums Herz, wenn ich das alles erzähle, und ich sehe, daß es auch für dich nicht ganz uninteressant ist. Wenn du es am Ende im Leben zu nichts gebrauchen kannst, kannst du es vielleicht für die Arbeit verwenden, ich habe einen Riecher für fähige und begabte Leute, du gehörst dazu.

Doch aus der Perspektive meiner Jahre und meiner eigenen Begabung kann ich inzwischen sagen, daß das Talent, das Genie, immer und vor allem eine Ausnahme ist, daß es, für sich genommen, mich schon lange nicht mehr beeindruckt, schon gar nicht das reine Talent, um es einmal so auszudrücken. Wichtig ist, was man aus dem Talent, das einem gegeben ist, von sich aus zu machen versteht, was man daraus schafft. Wie viele wilde Talente habe ich, lieber Gott, in meinem Leben gesehen, die zugrunde gegangen und verkommen sind, weil kein Gefäß dafür vorhanden war, nichts, worin man sie hätte hegen und beschneiden können. Warum brüsten sich die Leute nicht mit den Augen oder Händen, die ihnen genauso wie das Talent im voraus und unentgeltlich gegeben wurden? Aber das ist ein anderes Thema« – wieder folgte die gewohnte Geste –, »obwohl ich nicht vergessen habe, wo wir stehengeblieben waren, wir hatten die Gabe zu lieben erwähnt, und das ist der tiefste Quell des Talents, seine Urgestalt, der unerläßliche Boden und die Wurzel seiner Blüte, falls es blüht und Früchte trägt.

Weißt du, wie die andere Seite, die Kehr- und eigentliche Vorderseite der Angelegenheit aussah?« fuhr er nach einer Sekunde Nachdenkens fort. »Klassisch, einfach, klar, und wäre ich in diesen Dingen eine Winzigkeit weitsichtiger gewesen, hätte ich von Anfang an gemerkt, was vorging: dann wäre diese Hölle, dieser Zerfall des Bildes, das ich mir selbst errichtet hatte, vor meinen Augen nicht so jämmerlich und qualvoll gewesen, als zerlegte ich Stück für Stück mich selbst und blutete aus vielen Wunden.

Sie war mit ihrer Gruppe zu den Objekten unserer Universität gefahren. Ich erinnere mich, daß es im zeitigen Frühjahr war, der Winter war im Gehen begriffen, ging aber nicht, ich kroch zu Hause und auf der Straße fröstelnd in mich zusammen, dachte immerfort daran, wie und wo diese Kinder wohl frieren mochten und was sie schon mit diesem Ignoranten anfangen konnten, den wir ihnen als Leiter mitgegeben hatten, und daß sie jetzt vielleicht wie bei einem Ernteeinsatz Erde umgraben mußten. Wir hatten wie üblich, da wir ja Programm und Fahrplan genau kannten, Tag, Stunde und Ort unserer Begegnung drei Wochen im voraus verabredet. Ich war ohne sie unruhig, auch betrübt; zur ausgemachten Stunde trat ich neben dem Auto ungeduldig von einem Bein aufs andere. Weißt du, eine der unlösbaren Aporien der Liebe ist, daß sie nach täglichem, minütlichem Beisammensein verlangt, darauf besteht, unbezähmbar danach strebt, doch nichts sie sicherer tötet als tägliches Beisammensein.

Wie dem auch sei, sie kam zu spät. Ich wartete lange, über eine Stunde, länger als in solchen Fällen angemessen, schließlich war die Verabredung vor langer Zeit getroffen worden, es konnte sich etwas geändert haben, es konnte etwas geschehen sein, womöglich hatte der Zug einfach Verspätung, oder sie hatte ihn verpaßt, letzten Endes würde sie am nächsten Tag anrufen und alles erklären. Aber ich wartete. Ich war gerade fest entschlossen, loszufahren, als sie erschien. Ich bin kein guter Beobachter, sonst hätte ich das Neue von Anfang an bemerkt, denn von da ging alles aus. Ich konnte meine Verärgerung nicht verbergen und gab ihr sogar deutlich Ausdruck:

›Gerade wollte ich losfahren!‹ sagte ich, als wir uns ins Auto setzten.

›Wärst du doch!‹ antwortete sie patzig. Ich sah sie mit großen Augen an, diesen Ton kannte ich nicht. Für einen Augenblick schoß es mir sogar durch den Kopf, daß ich ihn bei ihr nicht für möglich gehalten hatte, wahrscheinlich, weil ich einfach selbst keinen Anlaß, auch nicht den geringsten, dazu gegeben hatte. ›So ist das also‹, in ihrer Stimme klang Wut auf, ›ich liege den ganzen Tag auf der Bahn, renne nach Hause, um mich umzuziehen, schleppe Koffer, quetsche mich in Straßenbahnen und Trolleybusse, um schnell hierzusein, komme atemlos an, kriege kaum Luft, und der gnädige Herr fängt zu allem Überfluß noch einen kleinen Ehekrach an.‹

Ich hatte erwartet, daß ein kleines Lächeln die Worte mildern, mir die Möglichkeit zum Einlenken geben würde, ich war als alter Hase bereit, ihr die Verspätung wie die Worte und den Ton zu verzeihen, einzig und allein, um unseren glückseligen Zustand zurückzugewinnen. Ich versuchte zum Zeichen des Friedens ihre Hand zu streicheln, sie zog sie, wie von einer Wespe gestochen, zurück und verschloß sich unzugänglich in sich selbst. Da verstummte ich auch. So gelangten wir schweigend zu unserem vertrauten, schummrig beleuchteten Café, setzten uns an einen vertrauten Tisch, bestellten bei einem vertrauten Kellner. Das Schweigen dauerte an, sie hatte die Stacheln aufgerichtet, und ich entdeckte, o Himmel, zum erstenmal auf dem mir so bekannten, rührenden lieben Gesicht etwas Feindseliges und Böses. Es währte nicht lange, da spürte ich einen Schlag im Gesicht, als sie sagte:

›Was denkst du eigentlich, wie lange soll sich das noch so hinschleppen, vielleicht bis zu deinem berühmten Ende der Welt! Du hältst mich wohl für die geborene Geliebte, für deine Mätresse. Mächtig bequem hast du's dir eingerichtet, alles läuft bestens, du trinkst deinen Whisky, hast eine Geliebte, versteckst dich mit ihr von Zeit zu Zeit im Dunkeln, läßt dir's gut gehn, und was ich mache und machen werde, das kümmert dich nicht so viel. Faß es auf, wie du willst, aber ich muß es dir sagen: Ich habe einen Heiratsantrag bekommen.‹ Hier nannte sie einen bekannten Namen. ›Der Mann hat mich nicht mal berührt, nicht einmal geküßt hat er mich, und bietet mir schon an, was nur anzutippen du wie das Feuer fürchtest, nachdem wir uns schon über ein Jahr sonstwo herumgedrückt haben. Starr mich nicht so an, ich weiß, in diesen Dingen bist du ein Hasenfuß, der bloße Gedanke erschreckt dich, aber meine Jahre verstreichen, überall zerreißen sie sich die Mäuler über mich. So wie bisher wird es nicht weitergehen.‹

Ich saß ihr wie vor den Kopf geschlagen gegenüber, wahrscheinlich habe ich ein schrecklich dummes und erschrockenes Gesicht gemacht, die Knie zitterten mir, der Mund wurde mir trocken, und ich hatte einen bitteren Geschmack auf der Zunge.

In meiner Verwirrung ging ich die Sache anscheinend von der falschesten Seite an. Ich sagte, für einen Mann in meinen Jahren mit so vielen Verpflichtungen und Menschen, die ihm sehr nahe stünden und auf die er Rücksicht nehmen müßte, habe die Form, in der die

Veränderung vonstatten gehen solle, größere Bedeutung als der Inhalt; die jungen Leute seien noch nicht reif genug, um die Form zu schätzen, sie wüßten noch nicht, wie sinnlos selbst der reichste Inhalt sei, wenn er seine Form nicht gefunden hätte, und daß wir alles, wodurch wir uns reich fühlten und das uns ganz erfüllte, in dem Moment verderben könnten, in dem uns das verfeinerte Gefühl für die Form untreu würde; der erlesene Gedanke könne nicht ungeformt und die ungeformte Idee könne nicht erlesen sein, und so weiter und so weiter. Ich sah, daß ich immer feindseliger, mit unverhohlener Abneigung angesehen wurde, hörte aber erst auf, als meine Ergüsse grob unterbrochen wurden:

›Dein Formalismus ist mir bekannt. Unsinn, die Form sollte wichtiger sein als der Inhalt! Ich weiß ja, wie leicht du Theorien erfindest, wenn du deine Hasenangst vor Veränderungen rechtfertigen mußt, um längst inhaltsleere Formen zu bewahren, damit nur deine Ruhe nicht gestört wird. Bezahl jetzt, und dann gehen wir!‹

Nach einer Weile brachen wir auf, jeder in seine Gedanken versunken. Natürlich gingen wir in die Einzimmerwohnung, die ich schon lange für uns gemietet hatte, auf das Thema kamen wir nicht mehr zurück. Sie wurde lebhaft, als hätte sie den Streit vergessen, begann von der Expedition zu erzählen, als bemerkte sie meine bedrückte Stimmung gar nicht, die durch die Erzählung noch verstärkt wurde, denn es war offensichtlich, daß sie sich auch ohne mich wohl gefühlt hatte, vielleicht sogar wohler. Unter anderem sagte sie beiläufig, daß ich gut daran getan hätte, nicht hinzukommen, welche Absicht ich tatsächlich gehegt hatte. Recht und schlecht brachten wir's hinter uns; alles war anders, unschön, und als wir nach Hause gingen, hatte ich bereits einen unerträglich bitteren Geschmack im Mund.

Ich brachte sie nach unserer Gewohnheit bis zum

Fahrstuhl. Beim Verabschieden sagte sie, ohne mich zu küssen, hart:

›Ich lasse zu gegebener Zeit von mir hören.‹ Es klang wie: Wenn ich dich brauche. Das drehte mich mit unbekannter Gewalt herum und warf mich in die Dunkelheit. Mehr tot als lebendig kam ich zu Hause an, wie ich in diesem Zustand Auto fahren konnte, ist mir noch jetzt schleierhaft.

Es folgten qualvolle Stunden, Tage, Wochen und noch schrecklichere Nächte. Ich kam mir wie der Schatten meiner selbst vor. Wie ich den anderen erschienen bin, weiß ich nicht, aber es kostete mich unmenschliche Anstrengungen, mich aufrecht zu halten, meinen Verpflichtungen nachzukommen, damit alles aussah wie zuvor.

Ich werde jetzt noch rot, wenn ich an das demütigende Herumsitzen vor allen möglichen Telefonen denke, über die sie mich – meine Hoffnung war eins zu einer Million – hätte erreichen können, und dabei achtete ich nicht auf die Stunde des Tages oder der Nacht. Vor dem Telefon in der Universität, wo sie mich am häufigsten anrief, blieb ich hocken, man kann sagen, bis man mich einfach hinausschmiß, bis ich meinen Aufenthalt dort mit nichts mehr erklären konnte. Studenten, Dozenten, Telefonistinnen, Reinemachefrauen, Sekretärinnen, Hausmeister sahen mich an wie einen Kranken, konnten sich meine neuerwachte Arbeitswut nicht erklären, man brauchte wegen der verschiedensten Ankündigungen und Briefe nicht mehr hinter mir herzulaufen, man konnte zu jeder Zeit in mein Büro kommen und mich dort mit der Miene eines von der Arbeit geplagten Menschen antreffen, konnte bei mir Kaffee und nicht nur Kaffee trinken. Ich glaube, es fiel ihnen schon auf, wie ich schmerzlich zusammenzuckte, wenn das Telefon klingelte, wie behutsam ich nach dem Hörer langte, damit die Verbindung nicht unterbrochen wurde, wie enttäuscht meine Stimme klang, wenn ich merkte, daß nicht die Erwartete anrief. Ich setzte mir jeweils selbst die Stunde fest, bis zu der ich warten wollte, und überschritt sie unweigerlich, wartete bis zur nächsten vollen Stunde, beobachtete mit schmerzlichem Bangen den Zeiger und begann auf die neue Umdrehung zu hoffen, und immer so fort, bis die Wahrscheinlichkeit auf Null herabsank.

Wenn ich einen gewissen Ort aufsuchen oder einfach für eine Weile das Zimmer verlassen mußte, ließ ich Tante Elenka oder den ersten besten, der mir über den Weg lief, im Zimmer zurück und trug ihm auf, bei einem Anruf für mich um Geduld zu bitten und mich sofort ans Telefon zu holen, und so weiter und so fort.

Ich weiß nicht, wieso in den ersten Wochen meine Überzeugung so unerschütterlich war, daß es ohne mich nicht gehen würde, daß einfach ein Mißverständnis vorlag und man seinen Fehler bald einsehen würde. Es ging darum, daß ich beim ersten Ruf zur Stelle sein wollte, als hätte man mich nicht finden können, wenn ich beim ersten Anruf nicht am Telefon gesessen hätte.

Wenn ich mit benommenem Kopf wegging, spiegelte ich mir vor, ich schlenderte ziellos umher, ertappte mich aber dabei, daß ich wie ein Verbrecher um den Tatort schlich und überall dort aufkreuzte, wo ich sie möglicherweise treffen konnte – in Straßen, vor Lokalen, Häusern, in Grünanlagen, wo es eine kleine Chance gab, daß sie entlangkam, hineinging, sich hinsetzte. Von fern erschien mir jede zweite Frau auf der Straße ihr ähnlich, das Herz krampfte sich mir zusammen, und ich setzte die vorsorglich bereitgehaltene Miene auf, mit der ich an ihr vorbeigehen mußte. Von nahem zeigte es sich jedoch, daß sie es nicht war. Und weißt du, die Großstadt ist schrecklich: Lange – war es Zufall, war es Pech – habe ich sie tatsächlich nirgendwo gesehen, bin ich ihr nirgendwo begegnet, als hätte die Erde sie verschluckt.

Unglücklicherweise hatten sie gerade ein freies Semester, sie mußten ihre Jahresarbeiten schreiben und brauchten nicht in die Universität zu kommen. Immerhin hielt mich mein Stolz zurück, jemanden nach ihr zu schicken. Außerdem hätte ich demjenigen erzählen müssen, was ich durchmachte, oder ihm zu verstehen geben müssen, was mit mir geschah. In dem Fall hätte ich etwas ganz Einfaches und Eindeutiges erfahren; wie sich später herausstellte, trieb sie sich in dieser Zeit mit ihrem neuen Freund außerhalb der Stadt herum; während ich zitternd neben dem Telefon saß, war sie überhaupt nicht in Sofia, und als sie zurückkamen, suchten sie sich andere, mir nicht bekannte Wege aus. Eine einfache Sache.

Ich werde es nie vergessen, mehr als ein Monat war vergangen, es war am Vorabend der Feiern zum Ersten Mai, wie ein Schlafwandler streifte ich durch die Straßen und schaute zu ungewöhnlich später Stunde bei einem Freund vorbei, bei dem ich sie mit einer Wahrscheinlichkeit von eins zu einer Million immerhin antreffen konnte. Als mir mein Freund öffnete, machte er mir schon an der Tür Zeichen, von denen mir die Knie weich wurden. Ich begriff, daß sie bei ihnen war, im Nebenzimmer. Mit letzter Kraft gab ich mir den Anschein, als sei das nicht von Belang, und begab mich in das Zimmer. In solchen Situationen kann ich kaum an mich halten, ich gab also keinem die Hand und setzte mich finster auf den erstbesten Stuhl.

Ihr Lächeln war unverstellt fröhlich, sogar ein wenig schelmisch, sie legte es einfach darauf an, gute Laune zu demonstrieren. Ich wußte nicht, wie ich meine innere Unruhe verbergen sollte, und mir fiel nichts anderes ein, als meinen Freund zu bitten, die Kirchengesänge von Dobri Christow aufzulegen. Sie wußte sehr gut, wie ich diese Musik liebe, in welcher Verfassung ich sie nötiger brauche als Brot und Wasser. Mein Freund liebte diese Musik noch mehr als ich, er tat es nur zu gern und gab sich ihr schon nach den ersten Tönen hin, wie wir es oft zu dritt mit, wie ich annahm, innerem Frohlocken und dem Verlangen nach Läuterung getan hatten. An einigen besonders ergreifenden Stellen versuchte mein Freund, aufrecht stehend, leise mitzusingen, offenbar wollte er auch uns beide dieser innerlichen, göttlichen Heiterkeit zuführen.

Damals muß ich blind gewesen sein, sonst hätte mir augenblicklich ein Licht aufgehen müssen, daß meine arme bisherige Gefährtin in Leben und Tod Komödie spielte, die Karten für ein großes Spiel austeilte, auf Risiko setzte, daß sie entschlossen Netze auswarf und ihr Benehmen von Anfang bis Ende berechnet und bedacht hatte. Denn an diesem Abend war ich nicht im Banne der Musik, sondern ihrer Gegenwart, und ich muß ein schrecklicher Dummkopf, ein ungeheurer Esel gewesen sein, da ich nicht merkte, daß das Blättern in der Zeitschrift während des musikalischen Jubilierens, die lässig zerstreute Miene, das Vorsichhinpfiffeln eines Schlagers Nummern eines Programms waren. Mein Gesicht sprach deutlicher als alle Worte und Melodien, man sah, daß ich mehr tot als lebendig war, ich konnte es nicht verbergen. Das genügte. Noch bevor die Platte umgedreht wurde, stand sie auf, gab mir die Hand und ging. Sie wußte, daß ich mit dem Auto da war, sie wohnte ziemlich abgelegen, offensichtlich wollte sie mir zu verstehen geben, daß sie nicht nach Hause gebracht zu werden wünschte. Als mein Freund, nachdem er sie bis zum Autobus begleitet hatte, zurückkam, als er plötzlich in der Tür stand, wurde ich von einem Weinkrampf geschüttelt, wie ich es seit meiner Kindheit nicht mehr erlebt hatte. Er schwieg, strich mir nur ein paarmal leicht über das Haar und wollte mich trotz meiner Überredungsversuche um keinen Preis gehen lassen. Ich blieb bei ihm; was ich ihm die Nacht über vorgefaselt habe, weiß ich nicht mehr.

Weißt du, was bei alldem das idiotischste ist? Es

stellte sich heraus, daß das Bild, die später Galatea genannte Skulptur, die Frucht verliebter Phantasie, im Gegensatz zu allen Gesetzen des Lebens, viel leichter geschaffen als zerstört werden konnte. Vielleicht liegt irgendwo hier das Geheimnis der Liebe, die Quelle ihrer Kraft und ihrer Macht über uns. Sie ist und kann nur eine aufbauende Kraft sein, nie könnte man mit ihr etwas zerstören, sie wird viel langsamer und schwerer niedergerissen als geschaffen.

Ich bin mir nicht sicher, ob die reale, lebende – nicht meine zum Leben erweckte – Galatea nicht interessanter und der Liebe würdiger war als diejenige, die ich in meinem von der Liebe getrübten Bewußtsein geschaffen hatte; ich weiß nicht recht, ob sie nicht, wenn auch instinktiv, gerade vor ihrer Idealisierung geflohen ist, da sie besser als ich den Abstand zwischen dem Kunstprodukt und der Natur kannte. Das dümmste war, daß ich damals und lange danach weder im Schlafen noch im Wachen, weder im Bewußtsein noch im Unterbewußtsein auch nur den Gedanken akzeptierte, noch an mich heranließ, sie könne einem anderen nahestehen.

Auf unerklärliche Weise wurde das Wichtigste nicht von einem meiner Teile, sondern von mir als Ganzem, mit allem, was von Kopf bis Fuß in mir steckt, verneint und ausgeschlossen. An alles konnte ich glauben, ich hätte mich nicht einmal gewundert, wenn ich in einer Straße von Sofia dem Geschwänzten begegnet wäre, nur nicht an das Einfachste, daran glaubte ich nicht. Und sah es nicht, weil ich es nicht sehen wollte, denn mich beherrschte das von mir selbst geschaffene Phantasiebild, das Elementare, Menschliche, wirklich Menschliche.

Ihre Fähigkeit und Art zu lieben war, untreu und unbeständig zu sein, und so klein und eingeschrumpft war ihr Gefäß für die Liebe, daß sie liebte, indem sie es vorzog, Liebe zu spielen, denn nicht die Liebe interessierte sie, sondern ihre Wirkungen und Folgen.

Und falls ihr erster Impuls, sich dem anderen zu nähern, das Ziel war, meine Entschlußfreudigkeit anzuspornen, Katze und Maus zu spielen, mich aus der Ruhe und dem Gleichgewicht zu bringen und mir den vollen Preis abzuverlangen, den ich ihr ohnehin schon gezahlt hatte, so hat sie sich danach von der Fortsetzung hinreißen lassen und mit dem anderen zu spielen begonnen, indem sie unsere Plätze vertauschte, nur daß ich beim erneuten Kartengeben der Einsatz war.

Aber ich greife den Ereignissen vor. Fürs erste war mir mit diesem getrübten Bewußtsein gar nichts klar, ich schrieb alles Mißverständnissen zu, warf mir meine Unentschlossenheit vor und war bereit zuzugeben, daß ich ein Hasenfuß war, der sich eingebildet hatte, Glück und Unglück vieler Menschen hingen von ihm ab und so weiter.

Meine Liebe war hoffnungslos und vor allem trostlos – ich wollte mich nicht am Standbild meines Idols vergreifen und ließ kein Stäubchen darauf fallen. Ich wartete darauf, daß das verwünschte Telefon endlich klingelte, daß die zufällige Begegnung stattfände und die Mißverständnisse sich zerstreuten, daß dieser Alpdruck wiche, daß alles von neuem anfinge, die Dinge wieder an ihren Platz kämen, die glückseligen Tage und Nächte wiederkehrten und bis zum Ende der Welt dauerten. Natürlich geschah nichts dergleichen. Das Telefon schwieg, oder nicht die rief an, auf die ich wartete, die zufällige Begegnung ergab sich nicht, das Karussell des Lebens drehte sich weiter, als sei nichts passiert.

Ich wurde vor Nervenerschöpfung krank, lag im Krankenhaus und war mir nun ganz sicher, daß im nächsten Moment in der weißen Tür meine weiße Statue erscheinen, sich an das weiße Bett setzen und all meine furchtbar schwarzen, unsinnigen Gedanken und Träume verscheuchen würde. Die Tage im Krankenhaus vergingen, am Ende war ich sogar bereit, ihr Mitleid entgegenzunehmen, ich sagte mir, daß sie sicherlich käme, und wenn auch nur aus Anstand. Aber selbst das geschah nicht. Auf meine Frage, was sie mache, wie es ihr gehe, die ich nach innerem Kampf ebenjenem Freund stellte, antwortete der liebe Kerl, vermutlich, um mich zu ernüchtern, er habe sie kürzlich gesehen, sie sei lustig gewesen und habe gelacht und scherzend gesagt, das Leben sei hart, und ihn gebeten, sie an einem Gasthaus abzusetzen, ›offensichtlich geht sie noch mit diesem Typ‹. Wortwörtlich so schloß mein guter Freund, verstummte aber plötzlich, über mein Aussehen erschrokken, und sah sich nach einem Arzt um.

Schmach hin, Schmach her, eine eingestandene Sünde ist keine, zugegeben, ich hielt es nicht aus. Bald nach meiner Entlassung aus dem Krankenhaus schrieb ich ihr eine Karte, die ich eines Nachts in ihren Briefkasten warf. Zur angegebenen Stunde wartete ich mit weichen Knien am Telefon. Sie war ja allgemein sehr akkurat, und sie rief ganz pünktlich an. Ich sagte, daß ich sie sehen wolle. Sie fragte, wann, ich sagte, womöglich gleich, und schon eine Stunde später saßen wir in einem unserer gewohnten Treffs.

Diesmal spielte sie nicht, oder sie spielte, daß sie nicht spielte. Sie saß da mit der besorgtesten und ernsthaftesten Miene, die ich je an ihr gesehen hatte, erkundigte sich nach der Erkrankung, interessierte sich dafür, ob es mit meinen Arbeiten voranginge, ob die Schwierigkeiten, die ich mit einem meiner Kinder hatte, behoben seien. Als ich ihre Ruhe und Ausgeglichenheit sah und die ganze Unsicherheit meiner Lage erkannte, als ich das mich lähmende Entsetzen spürte, begriff ich, daß wir so nicht reden konnten, daß bei diesem Gespräch nichts herauskommen würde, und da sagte ich auf Glücksspielerart, bedenkenlos eine Absage riskierend: ›Laß uns für zwei, drei Tage in die Berge fahren, dort können wir uns aussprechen und verständigen.‹

Der Ton war großspurig, aber eine Bettelei bleibt eine Bettelei. Starr blickte ich sie an, mit Augen, die auf ein letztes, unwiderrufliches Urteil warteten. Sie sagte indes zu, ohne zu zögern und so, als sei es das natürlichste von der Welt, und damit endete unser Gespräch. Wir verabredeten die Einzelheiten unseres Aufbruchs, Tag und Stunde, und trennten uns eilig. Ich hatte das Gefühl, daß ich auf Engelsflügeln nach Hause schwebte, zum erstenmal seit zwei Monaten schmeckte ich, was ich aß, und hatte einen guten Schlaf.

Aber selbst die Erinnerung an die drei gemeinsamen Tage im Gebirge – inmitten uralter Buchenwälder, umgeben von Blumen und Sonne – in einem Luxushotel ist wie ein Alptraum für mich. Falls es die Schrecken des Jüngsten Gerichts und eine noch schrecklichere Verurteilung gibt, kann ich sie mir doch so schrecklich nicht vorstellen. Unglückliche Zwischenfälle oder sie ankündigende Vorboten begegneten uns schon unterwegs. Auf halbem Wege, ein Stück oberhalb von Saranzi, stießen wir auf ein schwarzhaariges Kind, dem jemand über ein Bein gefahren war; als wir uns näherten, lag es, zusammengekrümmt vor Schmerz, stumm am Boden und verdrehte hilflos die Augen. Um das Kind herum bewegten sich Leute, ohne zu wissen, was sie tun sollten, ich stieg aus dem Auto und mußte mich sofort übergeben. Endlich fand sich ein beherzter Mann und hob es auf, Blut rann herab, der Mann legte das Kind behutsam in sein Auto und brauste davon, pausenlos auf die Hupe drükkend, deren Töne langsam erstarben.

Sie stand erschüttert dabei, und nach einer Weile blickte sie mir entsetzt in die Augen und forderte, daß wir umkehrten. Ich winkte verzweifelt ab und sagte, wir würden fahren, wie wir es uns vorgenommen hatten, mochte daraus werden, was wolle. Wir fuhren weiter.

Es begannen endlose Spaziergänge in prächtigen Buchenwäldern, auf saftigen, bunten, von milder Sonne übergossenen Waldwiesen, auf schattigen Wegen. Sie spielte mit Leichtigkeit und einer neuen, freilich ein wenig gekünstelten Grazie mit allem – mit Blumen, Schmetterlingen, Gräsern, Baumstämmen, nur nicht mit mir. Bei jedem Versuch, sie in einer Anwandlung von Zärtlichkeit zu berühren, ihre Hand zu nehmen, den Arm – Gott behüte! – um sie zu legen, wehrte sie ab, sträubte sie sich und entzog sich mir allenthalben, so daß ein Gefühl der Verlegenheit zurückblieb, als wäre es nicht noch gestern etwas Alltägliches gewesen, das wir beide liebten, als flösse neben mir das Wasser Trinkmichnicht, als wäre sie die Unschuld in Person, das Blümchen Rührmichnichtan.

Auch das ertrug ich, in ihrer Gegenwart war der Stoizismus immerhin erträglich, es genügte mir, daß sie neben mir herging und spielte. Jeder Versuch von mir, über unsere Sache zu sprechen, wurde unterbrochen, als bedürfe es keiner Worte und als wären wir nicht dort, um uns Klarheit zu verschaffen. Abends betrank ich mich sinnlos, begann Grobheiten zu reden, sagte jedenfalls nicht das, was ich dachte und mir zu sagen vorgenommen hatte, was ich diese zwei Monate endlos im Kopf herumgewälzt hatte; alle die nicht aufgezeichneten Monologe und Dialoge, die umfänglicher waren als sämtliche Stücke Shakespeares zusammengenommen, fertig und abgefaßt und mit der entsprechenden Gestik vorgetragen; all die Tiefsinnigkeiten und ungewöhnlichen Sentenzen lösten sich im Nu gleichsam in Luft auf vor dieser herzlosen Steinstatue, die mich lächelnd ansah und nicht einmal verbergen wollte, daß sie ihren eigenen Gedanken nachhing, an etwas Geheimes dachte, das sie auch nicht aussprechen würde, wenn man ihr einen Hammer auf den Kopf schlüge.

Gleich am ersten Abend sagte mir mein Verstand, daß mit mir gespielt wurde, freilich nicht so zärtlich wie mit den Blumen und Schmetterlingen. Doch mein ganzes

Wesen wehrte sich dagegen, es zu glauben, ich wollte mich nicht von dem Bild lösen, das mir so unendlich teuer war, daß ich selbst den Tod für zu schwach hielt, mich von ihm zu trennen. Ich weiß, hätte sie einen Ton gesagt, hätte sie es gewollt, uns hätte nichts hindern können, uns von einem Felsen zu stürzen, unsere Schädel an den Steinen zerschellen zu lassen, ich stellte es mir bildlich vor, ich hatte sogar schon die Stelle ausgesucht. Doch neben mir richtete man sich auf Leben und Spiel, nicht auf den Tod ein. Wie aus nasser Wäsche wurden aus mir die letzten Reserven, das letzte bißchen Lebenssaft ausgewrungen. Ich war besiegt, das war ohne Worte klar, aber der Plan wurde bis zum Ende ausgeführt.

Nachdem ich mich abends in meinem Zimmer gerüstet hatte, machte ich mich entschlossen auf den Weg zu dem ihren. Ich wurde lächelnd an der Tür empfangen, aber nicht hineingelassen. Ich ging in die Bar hinunter, betrank mich voller Verzweiflung, klopfte ein zweites Mal an, die Tür wurde nicht aufgeschlossen. Am Tag darauf gab ich endgültig auf und sagte zu ihr, ich sei bereit, jede Bedingung zu akzeptieren. Mein Gegenüber hatte es nicht eilig, selbst meine bedingungslose Kapitulation wurde nicht angenommen, aus der Miene der Statue las ich sadistische Genugtuung angesichts meiner Quälerei: ›Fängst du an zu flennen?‹

Meine Versuche, zu erklären, daß dies kein Flennen sei, daß ich mich nicht schämte, um meine Liebe zu weinen, fielen kläglich aus. Man glaubte, was man sah, nicht, was man hörte. Das schreckliche war, daß es auch unter diesen Bedingungen keine Antwort gab, daß der Zusammenbruch unserer Liebe meine Freundin nicht aus dem Gleichgewicht brachte, daß sie ihn mehr genoß als die Liebe selbst. In ihrer Miene blitzte der satanische Zug absoluter und unbestrittener Sieger auf, ich erkannte sie ja auch als Sieger an, aber sah sie nicht, was für ein Sieg das war? Wie du noch hören wirst, konnte und wollte ich mich noch immer nicht von der verwünschten Statue verabschieden, die ich in meinem Kopf geschaffen hatte; alle Realität, die Materie, dieser ganze häßliche Sündenfall des Geistes waren weniger wirklich für mich als das schwächliche, unreale Geschöpf meiner Verliebtheit.«

In den letzten, heiser und für unsere Gespräche ungewöhnlich laut gesprochenen Worten kam bereits der Alkohol zur Geltung. Ich wollte ein Ende machen und sah mich um. Der Alte begriff, er verstummte und begann nach einer Weile wortlos den Tisch abzuräumen. Ich stand auf, um ihm zu helfen, obwohl es ein leichtes war, unsere Sachen zusammenzupacken; wir fuhren bald los.

Der Mond hatte Ufer und Meer mit mildem Schein übergossen, ringsum zischelte, raschelte, krabbelte das zahllose Getier dieses Landstrichs, das zu dieser Stunde seinem Wahn verfiel. Irgendwo kreischte ein unbekannter Vogel in einer Weise, die an ein böses Gelächter erinnerte. Wir waren auf der Chaussee, der Wagen trug uns davon. Rasch wollten wir dieser Stelle entfliehen.

Sechster Abend. Pygmalions Weinen

Am nächsten Abend kam ich ein bißchen zu spät, ich mußte mir den Markt der Stadt ansehen, wo wir filmen sollten, und war auf einmal wie versteinert stehengeblieben. Er befand sich in einem schmalen Gäßchen, an dessen Ende man die untergehende rote Sonne sah. Alberne Scherze auf Kosten der Natur kann ich nicht ausstehen, und es will mir nicht in den Kopf, wie ein Dichter die untergehende Sonne mit einer reifen Tomate vergleichen kann. Man mag mich für einen sentimentalen Dummkopf halten, mir schien sie eher einem Herzen ähnlich, einem blutenden Herzen, der Dunst hatte ihr diese Gestalt verliehen, sie schwamm gleichsam im eigenen Blut. Unser Film war in Farbe, ich faßte augenblicklich den Entschluß, zu dieser Tageszeit zu drehen.

Schon als ich am Anfang der Gasse stand und um mich blickte, empfand ich ein unbekanntes, sekundenlanges Wohlbehagen angesichts all der Gaben der Erde, des Himmels und der Meere, die hier an einem Ort gesammelt waren. Ich schlendere gern ziellos über Märkte und Basare, ihre Buntheit und ihr Getümmel ziehen mich an, und meine Arbeit beim Film, in unseren Einrichtungen, Stationen, Pavillons, Aufnahmeplattformen hat mich immer an einen Markt mit allen möglichen teuren und billigen Waren erinnert, erstaunlich war nur, daß niemand schrie und anbot, daß man vielmehr leise schrie und anbot. Doch einen südlichen Markt hatte ich noch nicht gesehen, und jetzt war ich davon überwältigt.

Zu beiden Seiten des Gäßchens türmten sich Berge von Obst, die in ihrem Glanz mit der Sonne wetteiferten, warm und hell leuchteten, während daneben andere Früchte scharfe exotische Gerüche ausströmten; die von Lehrjungen ständig mit Wasser begossenen Fische funkelten wie der frühe Morgenhimmel; zartrosa Krebse und Krabben erinnerten an die Haut gesunder, rotbäckiger Kinder; die zur Reklame aufgehängten Weintrauben schienen vor Süße zu bersten, frisches Fleisch wetteiferte mit absichtlich kurz vor der völligen Reife aufgeschnittenen Wassermelonen. Jeder stand vor seinem kleinen Verkaufstisch und lobte mit lauter Stimme seine Ware in den höchsten Tönen. Ich war ganz benommen von dieser Fülle und Buntheit. Als ich durch dieselbe Gasse zurückging, war ich müde, und als ich auf die Uhr schaute, sah ich, daß ich zu spät kommen würde. Von hier war es über eine Stunde Weg bis zu unserem Ort.

Der Alte war da, mit allem Drum und Dran, ein bißchen feierlicher und strenger angezogen, wie mir schien. Er hatte aufrichtige Freude an meinen Schilderungen des Marktes, etwas Ähnliches habe auch er empfunden, er sei oft hingegangen, dabei sah er mich irgendwie herzlich an, wie ein Mensch, dessen Erwartungen sich erfüllt haben, und ließ sich die Gelegenheit nicht entgehen, nebenbei ein bißchen darüber zu philosophieren, daß das dem Lebensgefühl abhanden gekommene Erfülltsein die schwerste Krankheit des heutigen Menschen sei, daß die Sünde, für die wir unweigerlich unsere Strafe bekämen, unser Unvermögen sei, die Gaben des Lebens, der Natur und so weiter zu schätzen.

Damit ich eine bessere Vorstellung und größere Freude hätte, riet er mir, irgendwann einen etwas weiteren Spaziergang zu machen, bis hinter das nächste Hügelchen, »wo du«, sagte er, »auf ein anderes Wunder stoßen wirst, das man auch bei uns sehen kann, wir bemerken es jedoch nicht, weil wir von Kindheit an daran gewöhnt sind und noch zu wenig Abstand dazu haben, als daß es uns den Eindruck machen könnte, den es verdient. Du wirst«, sagte er, »den erregenden Anblick eines Feldes mit riesigen Melonen haben und den Eindruck, diese üppig früchtetragende Erde hätte sich schamlos entblößt und zeigte uns mit Absicht ihre nährenden runden und festen Brüste. Nie«, fuhr er fort, »konnte ich herausfinden, wie in den drei, hier auch zwei Monaten aus dem kleinen, in die sandige, ausgedörrte Erde gesteckten Samenkörnchen die mächtige grüne Ranke wächst und weit nach allen Seiten kriecht, blüht und Frucht ansetzt, die unwahrscheinlich großen, fünfzehn Kilo schweren Früchte mit göttlich süßem Saft füllt, sie blutrot färbt; dann aber gehen wir gleichgültig vorüber, ohne daß wir in eitler Geschäftigkeit das sich ständig erneuernde Wunder unserer Mutter Erde bemerken.

Manchmal denke ich, wenn ich nur die Geduld aufbrächte, eine Weile dazustehen und zu schauen, könnte ich dem Wunder der Empfängnis zusehen, dem Blühen und Wachsen, und das Wunder der Götter würde sich mir offenbaren, frisch und neugeboren wie eine soeben angeschnittene Melone, ich könnte es den Menschen bringen und zugleich allen Philosophen und Propheten ein Schnippchen schlagen«, fügte mein Freund lachend hinzu, offenbar suchte er des Pathos' Herr zu werden, das drauf und dran war, sich seiner zu bemächtigen. »Doch heute abend«, sagte er, »will ich dir, wie versprochen, die Fortsetzung und das Ende der Geschichte von Pygmalion erzählen.«

Auch diese Erzählung gebe ich nach seinen Aufzeichnungen wieder, am Ende werde ich nur die Kommentare hinzufügen, die er, ich weiß nicht mehr, an welchen Stellen, einstreute, und die Anführungszeichen mag der Leser in Gedanken selber setzen.

Auf kleinen Pferden mit dünnen, flinken Beinen ritten der *Vater des Gottes* und sein kleines Gefolge aus Sklaven von Königreich zu Königreich durch das aus dem Meer gewachsene Land, wobei sie sich zunächst an den Küstenstreifen hielten. Sie kamen zuerst nach Limassol, zogen weiter nach Larnaka, begaben sich von dort nach Famagusta und Salamis, gelangten nach Kerynia und durchquerten die Insel in Richtung Nikosia.

Überall wurden sie feierlich und freundlich empfangen, doch den scharfen Augen des ehemaligen Königs blieben Vorsicht und Argwohn nicht verborgen.

Viele der Könige und Patrizier hatten Pygmalion schon früher gesehen, alle hatten von ihm gehört, er galt als der klügste Mann der Insel, und über seine Kunstfertigkeit als Bildhauer gingen Legenden um. Der *Vater des Gottes* machte keinen Hehl aus dem Zweck seiner Besuche, doch wie seit Menschengedenken klang die Wahrheit am unwahrscheinlichsten. Niemand konnte glauben, daß der *Weise*, der *Vater des Gottes*, der selbst göttlich war, bekannt und berühmt, der Liebling der Aphrodite, losgezogen war, um irgendeine Barbarin zu suchen, hätte er doch eine ganze Herde auserwählter Jungfrauen vor sich und seinem Gefolge hertreiben können, und noch mehr wären ihm nachgezogen, ein Zeichen von ihm hätte genügt. Heimlich wurde gewispert, daß diese Mission im Zusammenhang mit den ehrgeizigen Plänen des Königreichs Paphos und des grausamen Fuchses Kinyras stehe, daß Pygmalion ein Botschafter sei, den in den Feindseligkeiten zwischen Athen und Sparta eine der Parteien, welche, wisse man nicht, auf ihre Seite gezogen hätte, daß sein Erscheinen mit dieser durchsichtigen, rasch ersonnenen Lüge ein schlechtes Zeichen für die friedliche Insel sei, die nur mit Mühe den nach Meinung aller nicht gerechtfertigten Frieden unter ihren Königreichen inmitten der kriegerischen Rivalitäten zwischen den Inseln und den drei umliegenden Kontinenten aufrechterhalte.

Der *Vater des Gottes* gab sich den Anschein, als bemerkte er die Verdächtigungen nicht, und setzte seine Nachforschungen in Städten, Häfen, auf Märkten und Plätzen fort, indem er zur allgemeinen Verwunderung tatsächlich überall haltmachte, wo sich eine umherziehende Gruppe niedergelassen hatte. Blaß und feierlich erkundigte er sich oder erkundigte man sich an seiner Stelle nach ein und demselben. An manchen Orten wurde schon offen über seine eifrig betonte Tarnung gespottet, man war überzeugt, daß er andere Leute nach anderem befragte, daß er mit anderen über anderes redete. Und noch sicherer war man, daß die Mission ungewöhnlich wichtig und geheim sei, als der Geheimdienst berichtete, daß Pygmalion auch mit den anderen über dasselbe gesprochen hatte.

Er gab sich majestätisch und schlicht. Sein kleiner Wuchs war dafür kein Hindernis, er hatte sich aus Stolz selbst Pygmalion genannt, was einen drohenden Doppelsinn hatte, es bedeutete zugleich klein, kleinwüchsig, zwergenhaft und – von den Göttern gezeichnet. Dieses Benehmen war ihm in Fleisch und Blut übergegangen, seine Erhabenheit rührte nicht daher, daß er König und ein berühmter Demiurg war. Er war König und Demiurg, weil er erhaben und gotterwählt war.

Doch die Nachforschungen blieben erfolglos, sie führten nicht einmal zu einer verläßlichen Spur. Freilich hatte man solche Landstreicher, die von Ort zu Ort ziehen, mit schwarzen, diebischen Händen und großen, häßlichen Zähnen gesehen, doch wohin und wie sie verschwunden waren, wußte niemand.

Indem er melancholisch die hohen Masten der Segelschiffe im Hafen von Famagusta und Salamis betrachtete, gewann der *Vater des Gottes*, wer weiß wie, tiefinnerlich die Überzeugung, daß sie von hier nach Kreta oder Sizilien gesegelt war – irgendwohin in Richtung Westen. Es bedurfte einiger Tage der Besinnung – beinahe hätte er sich wie Odysseus mit Stricken aus Büffelleder festbinden lassen, um nicht mit den Booten abzufahren, nicht loszugehen und Ruderer zu mieten.

Von da an suchte er aus purer Verzweiflung, doch suchte er weiter, obwohl er schon wußte, daß er sie nicht finden würde, aber es war nicht seine Art, etwas halb zu machen. Die Insel war durchsucht, der Rückweg ermüdend und noch kummervoller.

In sich versunken, saß Pygmalion in seinem Hof auf seinem Lieblingsstuhl aus Stein vor dem Tisch aus Stein, auf dem stets eine beschlagene Kanne mit Weißwein und eine dampfende Seezunge standen. Jedesmal, wenn er die Kanne anhob, schüttete er ein paar Tropfen auf die Erde, um die Götter gnädig zu stimmen.

Das Rad der Zeit vollendete bald eine weitere Umdrehung, die Gerste färbte sich abermals gelb, die Anemonen liefen rot an, man begann darauf zu warten, daß

Adonis erschien, daß er, aus der Gefangenschaft der Persephone befreit, zu der ihn leidenschaftlich ersehnenden Aphrodite zurückkehrte. Nur der *Vater des Gottes*, der große König und kleine Pygmalion, wartete auf niemanden, und niemand wartete auf ihn. Zum erstenmal in seinem langen Erdenwandel kostete er vom bittersten Trank des Lebens – auf seinem Lieblingsplatz sitzend, hatte er das Gefühl, daß die Götter ihn vergessen und sich von ihm abgewendet hatten.

Der jammervolle Gedanke verfolgte das Streben seines ganzen Wesens, das danach verlangte, erneut eine Furt zu entdecken, ein Pförtchen oder einen kleinen Spalt, durch den er schlüpfen und sich wieder mit dem Meer und der Erde, mit dem blühenden Pflanzenwuchs und dem wimmelnden Leben ringsum, mit den Göttern und Menschen vereinigen konnte. Ob die Kleine eine Abgesandte der Götter war, ihn zu bestrafen, ihm seine Selbstsicherheit und Gelassenheit zu nehmen, das Leben und die geliebte Arbeit mit dem Stein in der Werkstatt? Aber für welche Sünde? Was wollten die Götter ihm sagen, das er bis jetzt nicht gesehen und verstanden hatte, welches Gelübde oder Vermächtnis hatte er übertreten?

Die Gedanken verliefen an der bekannten schwarzen Linie ohne Ausgang, es begannen die Fragen ohne Antwort, die der bereits unerträglichen chronischen Schlaflosigkeit vorangingen, und auf einmal sah er sich, wie er geworden war, unvollkommen und untröstlich, klein und hilflos, von der Last der Jahre gebeugt, ergraut, ein Traum seines eigenen Schattens, der irgendwo von ihm träumte und sein früheres Erscheinungsbild und seine Kraft bewahrt hatte, seine Gotterwähltheit und Göttlichkeit. Die Vision war so nachhaltig und deutlich, das Gefühl, auch anderswo zu verweilen in einer Gestalt, die er gern gehabt hätte, war so wonnevoll und beruhigend, daß er den Atem anhielt und sich nicht zu regen getraute, um sie nicht zu verscheuchen. Als die Vision trotzdem vergangen war, begann er still zu weinen. Viele Tränen stürzten wie Bäche aus seinen Augen und wuschen ihm das Gesicht. Er trocknete sie nicht, sie tropften auf den Tisch, erleichterten ihm Herz und Seele.

Pygmalions Tränen waren noch nicht versiegt, als seine Gedanken von allein, gleichsam ohne Beteiligung des Willens und der Wünsche, eine andere, neue und unbekannte Richtung nahmen. Daß ihm Aphrodite das Mädchen und die Glückseligkeit der Liebe genommen hatte, daran zweifelte er nicht – nur Aphrodite schenkt und entzieht die Liebe, ihren Lieblingen vor allen andern. Doch wenn ihm mit dem Mädchen die Glückseligkeit der Liebe überhaupt genommen war, die Fähigkeit, Zuneigung zu fassen und zu lieben, dann war keine andere als die Göttin der Liebe selbst, Aphrodite in Person, gestürzt und untergegangen!

Er goß reichlich aus der Kanne auf die Erde. Warum sollte die allmächtige Göttin so ruhmlos, so läppisch stürzen? Wollte sie ihm nicht etwas sagen, das er nicht hörte? Wenn auf dieser gesegneten Insel im Weltmeer, im schönsten Winkel des Festlands, wo viele sich nicht einmal mehr an das Barbarentum erinnerten, in der aufgeklärtesten Gesellschaft, eine plötzlich erwachte Liebe so leicht, unrühmlich und häßlich verschwinden, sterben konnte, war dann der ideale Ort der Liebe nicht irgendwo anders, im Reiche der Aphrodite selbst? Und wohnte sie nicht dort, schaute sie nicht auf uns und erwartete uns zu unseren wahren Glückseligkeiten wie den schönen Schatten seiner selbst, den er eben deutlich gesehen hatte?

Dienen nicht die Seligkeiten der Liebe, mit denen Aphrodite uns von Zeit zu Zeit beschenkt, nur dazu, uns zu erinnern und vorzubereiten, damit wir nicht vergessen, daß die größte Gabe des Lebens die Liebe ist, nicht die Eigenschaft, geliebt zu werden, sondern die Fähigkeit zu lieben, zu geben, nicht die zu nehmen? Damit wir durch die unvollkommene und unglückliche Liebe hier zu den höchsten Genüssen der Liebe dort gelangen. Ja, Mutter und Göttin, ich verstehe, du hast mir ein großes Unglück in der Liebe geschickt, damit ich das Glück der Liebe erkenne und im Gedächtnis behalte und du mir den einzigen Weg zu euch, den Göttern und Unsterblichen, zu ewiger Seligkeit und ewigem Glück zeigen kannst!

Er reckte und streckte sich, ungeduldig weckten seine Gedanken den in letzter Zeit in ihm eingeschlafenen Künstler, der, sowie er erwachte, zuerst die Hände, danach sein ganzes Wesen in Bewegung setzte, und Pygmalion begriff ohne Worte, was er tun mußte. Vor seinem inneren Auge erstand in ihrer ganzen Vollkommenheit und Schönheit die Statue der idealen Liebe, in der sich ganz von selbst die Züge der Mutter und des Mädchens, die der Frauen und Menschen, die er geliebt hatte, harmonisch vereinten und die zugleich ein Standbild der Aphrodite war, seiner neugewonnenen Vorstellung von ihr und der Liebe. In dem aus einem Überschuß an Lebenskräften, aus blutvoller Vitalität und Unruhe hervorgegangenen plastischen Traumbild waren nur die Ruhe und das Ewige zurückgeblieben, nur das beständige und verinnerlichte Wesen. Pygmalion spürte die heiligen Schauer des Thambos,[1] das Bangen und die Angst vor der Vollkommenheit und Schönheit, die unbeschreibliche Erregung vor dem göttlich Wunderbaren.

Nach diesem Tag verließ der *Vater des Gottes* selten seine Steinwerkstatt, setzte sich nur manchmal müde an denselben Platz, vor den gleichen Fisch und Wein, bedurfte ihrer jedoch nicht, er war auch ohne Wein wie im Rausch.

---

[1] grch., Staunen, Entsetzen, Furcht.

Zunächst streifte er überall umher und suchte den Stein, aus dem er sein Traumbild meißeln wollte. Nach langem Zögern ließ er von einem herrlichen Stück durchsichtigen zykladischen Marmors ab, stand lange vor einem warmen, großen Stück Elfenbein und befühlte es, bis er sich am Ende für den am schwersten zu bearbeitenden, doch ausdrucksvollen und schlichten lokalen Kalkstein entschied. Der Stein fügte sich ihm lange nicht. Pygmalion ging zu seinem Lieblingsplatz, setzte sich und rief das Traumbild herbei. Bisweilen wurde die Verzweiflung über die Distanz zwischen der Vision des ersten Tages und dem Stein, mit dem er rang, abgrundtief. Es schien ihm, er sei wie Sisyphus bestraft, die Distanz zwischen dem noch brennenden Schmerz seiner nicht verwirklichten Liebe und seiner Idealvorstellung von der Liebe pausenlos abzumessen.

Als der Stein Form anzunehmen begann, war Pygmalion schon so mit ihm verwachsen und hing mit solcher Leidenschaft an ihm, daß er Angst hatte, man könnte ihn ihm stehlen, und er hatte sich so in seine Plastik eingelebt, daß er gleichsam mit ihr atmete und lebte. Die Arbeit schritt voran. Immerfort betrachtete und befühlte er die Statue und wußte, er würde erst aufatmen, wenn er die unbekannten Proportionen in der Vereinigung von Eikon[1] und Agalmatolith,[2] der Darstellung eines Unsterblichen durch einen Sterblichen, entdeckt hatte.

Als er eines Abends die Werkstatt verließ, sah man auf seinem Gesicht jenes Lächeln, von dem man bereits dachte, es werde nie wieder erscheinen.

Am nächsten Morgen streichelte Pygmalion, ehe er ans Werk ging, liebevoll den Stein. Wärme durchströmte seine Hände, er spürte den Puls der Statue, ihm war, als fühlte er wieder Astias Haut, als liebkoste er Aphrodite selbst. Von da an trug er abends, wenn er ins Haus zu-

---

[1] grch., Bild. – [2] grch., Bildstein, Pagodit, Speckstein.

rückkehrte, die Statue mit Hilfe der Sklaven in sein Schlafgemach – es war sicherer, auch wollte er sie beim Erwachen als erstes sehen, sich so auf die Arbeit einstimmen, und er hatte das Gefühl, daß sie beide in der Nacht dieselben Träume geträumt hatten.

Später ging von den Sklaven das Gerücht aus, daß er statt mit einer Frau mit der Statue der Aphrodite schliefe. Dieses Gerücht machte überall die Runde, gelangte auch zu ihm. Doch er war schon alt und weise genug, um sich nicht zu erzürnen und zu beunruhigen – war denn nicht mehr als einmal, was Frucht und Ausdruck eines Überschusses an Lebenskraft war, was vor Liebe und Gesundheit überströmte, zu einem Zeichen, einem blassen Symbol der Schwäche, der Perversion und Krankheit geworden? Es war nicht das erste und nicht das letzte Mal.

Noch ehe die letzten Worte verklangen, legte sich der etesische Wind, als höre er auf einmal zu, und so blieben sie in der heißen Luft der schwülen Nacht hängen. Ich lauschte der unschönen, ausdrucksvollen Männerstimme, in der entfernt das Wimmern eines kranken, verwundeten Tiers anklang. Wer diesen Ausschnitt nur liest, wird die Melodie der Stimme nicht wahrnehmen, in der er erzählt wurde. Damals erschien mir alles viel länger und viel schöner, als es präpariert im Heft aussieht. Ich kann nur die Kommentare, die Einwürfe ergänzen, die das Ganze begleiteten.

»Das Weinen«, sagte der Professor, ich glaube, nachdem er Pygmalions Verfassung schon beschrieben hatte, »ist bei den alten Griechen Ausdruck des menschlichen Seelenadels gewesen. Vom Menschen heißt es, er sei ein Tier, das lacht, das Lachen ist also ein Gattungsmerkmal, ein Merkmal für alle, und nicht das Weinen, zu dem nur die veredelten Seelen fähig sind. Im Altertum war es üblich, öffentlich zu weinen und zu beweinen, überall, lauthals, mit vielen Tränen, und daran war nichts Beschämendes, in diesem Sinn war das Weinen dem Lachen gleichgestellt. Stärke und Wert der Seele wurden an ihrer Fähigkeit zu weinen gemessen. Das sieht man übrigens deutlich an der Rolle, die in der antiken griechischen Tragödie der Chor spielte, in dem die Volksseele, die allgemeine Seele, das Einzelschicksal beklagt.

Was dich vielleicht am meisten überraschen wird«, warf der Professor an einer Stelle ein, »ist, daß ich in meiner Erzählung nicht Ovid, Clemens Alexandrinus, Arnobius, Ariost und anderen folge, sondern es ablehne, ihnen zu folgen. Der Grund ist einfach – ich glaube ihnen nicht. Ihre nahe Ferne zu den Quellen des Mythos ist nicht vorteilhafter als meine, in mancher Hinsicht sogar nachteiliger. Denn wenn die Mythen in der Kindheit der Menschheit entstanden sind, können sie erst der verstehenden Liebe ihrer Reife, ihres Alters wirklich gehören. Ich nehme an, daß keiner von ihnen jenen die Zeit zerteilenden Blitz erlebt hat, der die Himmel öffnet und uns in einem Augenblick zum Anbeginn zurückführt. Höre, ich will dir die ganze entsprechende Stelle aus den ›Metamorphosen‹ vortragen:[1]

›Weil er gesehn, wie die ihr Leben in Schande verbrachten,
Wollte, zurück durch die Fehler geschreckt, die dem weiblichen Sinne
Zahlreich gab die Natur, Pygmalion ohne Gefährtin
Ehlos bleiben, und lang auch teilt' er mit keiner das Lager.
Schneeiges Elfenbein mit seltnem Geschick und Gelingen
Schnitzt er indes und verleiht ihm Gestalt, wie auf Erden geboren

[1] Ovid, Werke in zwei Bänden, Aufbau-Verlag, Berlin und Weimar 1968; Nachdichtung R. Suchier, bearb. von L. Huchthausen.

Lebt kein Weib, und es weckt sein Werk ihm verlangende Sehnsucht.
Wirkliche Jungfrau scheint die Gestalt, und man meinte, lebendig
Sei sie und wolle, wofern nicht Scham es verböte, sich regen.
So läßt Kunst nicht sehen die Kunst. In Entzücken verloren,
Faßt zu dem scheinbaren Leib Pygmalion glühende Liebe.
Oft legt prüfend die Hand er daran, ob Leib das Gebilde
Oder ob Elfenbein, und für dies nicht kann er es halten.
Küsse auch gibt er und glaubt sie erwidert und spricht und umarmt sie,
Wähnt gar, daß sich die Haut den berührenden Fingern bequeme,
Und ist besorgt, daß Bläue vom Druck anhafte den Gliedern.
Bald liebkost er sie auch, bald bringt er ihr artige Gaben,
Wie sie den Mädchen genehm, Meermuscheln, gerundete Steinchen,
Vöglein, niedlich von Wuchs, buntfarbige Blumen in Menge,
Lilien, Bälle dazu mit Streifen und Tränen vom Baume,
Die Heliaden geweint. Mit Gewand auch schmückt er die Glieder,
Fügt langreichende Schnur an den Hals, an die Finger Gesteine;
Perlen enthangen dem Ohr, und es schwankt ein Gehenk vor dem Busen.
Schön ist alles an ihr; doch nackt ist sie ebenso reizend.

Sorgsam legt er sie hin auf den Pfühl von sidonischer Farbe,
Nennt sie Genossin des Betts und gibt dem gelehneten Nacken,
Gleich als hätt er Gefühl, nachgiebige Federn zur Ruhstatt.

Venus' heiliger Tag, hochfeierlich allen auf Cyprus,
Kehrete jetzt, und mit Gold die gewundenen Hörner umzogen,
Sanken, getroffen vom Beil im schneeigen Nacken, die Kühe.
Weihrauch dampfte empor. Pygmalion, als er geopfert,
Stand am Altar und sagte verzagt: ‚Wenn alles, ihr Götter,
Möglich für euch, gebt mir zum Gemahl'– die elfene Jungfrau
Trug zu sagen er Scheu – ‚ein Weib wie die elfene Jungfrau.'
Selber der Feier genaht, ward inne die goldene Venus,
Was er gemeint mit dem Wunsch, und, ein Zeichen gewährender Gottheit,
Flackerte dreimal hell und zog sich zur Spitze die Flamme.

Wie er daheim, ging jener sogleich zum Bilde des Mägdleins,
Neigte sich über das Bett und küßte sie. Wärme verspürt' er.
Wiederum nahte sein Mund; mit der Hand auch prüft' er den Busen.
Siehe, das Elfenbein wird weich, und befreit von der Starrheit,

Sinkt an den Fingern es ein, fügsam wie Wachs von Hymettus,
Das, von der Sonne erweicht, sich unter dem knetenden Daumen
Schmiegt in manche Gestalt und brauchbar durch den Gebrauch wird.
Während er staunt und zagend sich freut und Täuschung befürchtet,
Naht er mit liebender Hand der Ersehnten wieder und wieder:
Ja, es ist Leib. Aufbeben, geprüft mit dem Daumen, die Adern.
Da nun richtet beglückt an Venus der paphische Heros
Worte des Danks im vollsten Erguß. Nun endlich vereint er
Wirklichem Munde den Mund, und die Jungfrau fühlt mit Erröten,
Wie er sie küßt, und scheu aufschlagend zum Lichte die lichten
Augen, erblickt sie zugleich mit dem Himmel des Liebenden Antlitz.
Selber erscheint bei dem Bund, dazu sie verholfen, die Göttin.
Als neunmal sodann sich die Hörner geschlossen zum Vollmond,
Bringt sie die Paphos zur Welt, die gab der Insel den Namen.‹

Fühlst du nicht, daß Ovid die Geschichte als Märchen, als Legende, als Fabel zur Belehrung erzählt, mehr ihrer symbolischen als ihrer realen Bedeutung wegen? Und im wichtigsten Moment, dem der Belebung der Statue, nehmen die antiken und alten Autoren ihre Zuflucht zu einer Kraft von außen, zur Gnade der Götter; sie wollen nicht sehen, was Platon schon in den Statuen des mythischen Dädalus entdeckte – den Mechanismus im Innern, der sie in Bewegung setzte, ihnen das ewige Leben gab, selbst aber auch sinnlich wahrnehmbar und empfindlich war.

Nicht zufällig, wenngleich zu Unrecht, wurde gerade diese Linie zur Ursache dessen, daß man eine besondere Art der Perversion, den Verkehr mit Statuen, ›Pygmaliontum‹ nannte, indes der Umstand, daß sich Pygmalion in die Schöpfung seiner eigenen Phantasie verliebte, die er danach in einer Statue verkörperte, einen guten Weg eröffnet, die Enttäuschung der Liebe, nicht aber die Liebe selbst zu meiden.

Seine Größe besteht darin, daß er den privaten, den eigenen Fall nicht zur Norm gemacht hat, daß er uns an folgendes erinnern wollte: Auch zu dem, was sich nicht verwirklichen läßt, führt ein Weg, denn die menschlichen Kräfte sind unermeßlich und unbegrenzt, wenn wir nur fähig sind zu lieben und in den Enttäuschungen der Liebe die Idee der Liebe nicht verlieren. Wirklich ist nicht nur unsere Enttäuschung, wirklicher und realer als sie ist die Liebe, das Bedürfnis unserer Seele nach ihr. Pygmalion ist der erste Märtyrer und Heilige der Religion der Liebe, der einzigen freien Religion, die es verdient, daß sich die Menschen zu ihr bekennen. Die Liebe ist die segensreichste Blüte der menschlichen Freiheit; wenn die menschliche Freiheit keine Liebe hervorbringt, ist sie eine unfruchtbare, überflüssige, böse Freiheit.

Freiheit und Liebe sind eins – noch nie hat jemand einen anderen mit Gewalt dazu gebracht, etwas zu lieben, wie auch niemand je einen anderen innerlich frei machen kann. Die Liebe ist ein Werk des schöpferischen, produktiven Anfangs in uns, doch keinen roten Heller ist Schöpfertum wert, das nicht das Werk, die Frucht der Liebe ist. Es heißt: ›Glaube, Hoffnung, Liebe, aber die Liebe ist die größte unter ihnen‹, ohne sie wird alles Menschliche seines Sinns entkleidet und bleibt leerer Schall – ein tönend Erz oder eine klingende Schelle.

Mein Pygmalion war klug genug, in der ihn erschütternden Begebenheit die göttliche Absicht zu erkennen, die seltsame Hierarchie, die himmlische Ordnung im Reich der Liebe. Er verstand das Wichtigste: jedes Glied in dieser Kette war autonom, doch offen gegenüber den folgenden; die Liebe zur Mutter und die Mutterliebe – an sich etwas Wunderbares – konnten dem Menschen nicht zur Zierde gereichen, denn bis zu einem bestimmten Zeitpunkt waren sie im selben, wenn nicht gar im höheren Maß auch dem Tier eigen; selbst die geschlechtliche Liebe und Zuneigung waren kein menschlicher Zierat, konnte man sie doch sehen, wohin man blickte; in der Liebe zu einer bestimmten Frau erschöpfte sich die hohe menschliche Potenz zu lieben gleichfalls nicht, denn sie war in anderer Form allem eigen, was fruchtbar war und sich mehrte.

Eine spezifisch menschliche Eigenschaft war es folglich, darüber hinaus, außerhalb dessen auch Dinge zu lieben, die in der Kette der Natur fehlten, in unserer Sprache gesagt, auch mehr oder weniger abstrakte Dinge zu lieben, wie die Heimat, eine soziale Gemeinschaft, die Menschheit, Gott, die Liebe selbst.

Er war indes auch klug genug, noch etwas anderes zu bemerken, die feine Abhängigkeit zu spüren, die darin bestand, daß die Fähigkeit, etwas Einzelnes, diese kleine Barbarin beispielsweise, zu lieben, Maß und Stärke der Liebe zu allgemeineren Dingen bestimmte, die Stärke des Stroms, der durch die Kette fließen würde, vorgab und damit zugleich die produktive Kraft des Individuums, seine Befähigung zum Schöpfertum, zum Schaffen, zum Ausbrechen aus der Abhängigkeit von der Natur, von der üblichen Notwendigkeit und dem Zufall.

Ich habe lange gesucht und den ersten Märtyrer im Kalender der Liebe, der Religion der Liebe, gefunden«, rief der Alte lachend und gestikulierend und sprang auf, »ihr werdet sehen, die Menschheit wird es mir eines Tages danken. Los, mein Junge, machen wir uns auf die Beine, es ist wieder spät geworden. Meine Phantastereien führen ins Endlose, die Menschen sind noch immer so dumm, böse und arm wie meine Barbarin, es wird ihnen leichter fallen zu glauben, daß Pygmalion seine göttlichen Tränen für ihr lächerliches Wohlergehen, ihre Errungenschaften, Bequemlichkeiten und ihre Ruhe vergossen hat, als über die Offenbarung des Idealbilds der Liebe. Gehen wir!«

Siebenter Abend

Ich erinnere mich genau, daß unser letztes Gespräch an einem Freitag stattfand, ich weiß es, weil ich auf dem Markt gewesen war. Danach konnte ich mehrere Abende nicht zu unserem festen Treffpunkt gehen, erst wieder am darauffolgenden Donnerstag. Nur gut, daß ich beim Auseinandergehen dem Professor gesagt hatte, wir würden uns vielleicht ein paar Tage nicht sehen können. Zu uns war ein ... Revisor gekommen! Lachhaft, aber wahr. Anscheinend drückten unsere Leute wirklich die Moneten, daß sie nicht wußten, wohin damit. Denn aus dem weit entfernten Sofia hatte sich ein scheues Männchen mit Aktentäschchen und Brille auf den Weg gemacht. Man hatte ihm auch aus Nikosia einen Begleiter beigegeben; sie kamen, um zu überprüfen, was wir machten, wie es mit dem großen Kunstwerk voranging, ob sich die grandiosen Pläne der beiden Unternehmen, die Welt zu erobern, Bulgarien und Zypern ganz mit Touristen zu besiedeln, verwirklichen würden, ob es nicht erforderlich wäre, die Eingeborenen in andere Länder umzusiedeln.

Zunächst winkte ich ab, ein Revisor, na wenn schon, soll er sich hinsetzen und zuschaun, man hat ihm oder er hat sich einen Vorwand gefunden, auf fremde Kosten einen kleinen Ausflug zu machen, er wäre nicht der erste und nicht der letzte, weshalb ich mir vornahm, ihn überhaupt nicht zu beachten und einfach weiterzumachen.

Er aber packte es übertrieben ernst an, begann Fragen zu stellen, mit jedem einzeln zu reden, Rechnungen zu prüfen, und meine Unbekümmertheit reizte ihn offensichtlich; er hielt die ihm entgegengebrachte Aufmerksamkeit wohl für ungenügend. Er begann wie beiläufig große Namen ins Gespräch zu bringen, Verbindungen anzudeuten, mit einem Wort, Einfluß und Bedeutung zu zeigen, die er, wenn er sogar hier hereinschneite, wer weiß, vielleicht wirklich hatte.

Es half nichts, das Mäntelchen mußte nach dem Wind gedreht werden, gebt Gott, was Gottes ist, und dem Kaiser, was des Kaisers ist, darin war ich groß, ich machte geschickt eine Kehrtwendung, so daß der Revisor völlig zufriedengestellt war und wir unserer Arbeit nachgehen konnten.

Doch es begannen Beratungen und Versammlungen, abendliche Gespräche, schöpferische Diskussionen über die Probleme unseres genialen Films, die ganze leere Geschäftigkeit, die für Revisoren richtige Arbeit ist. In Wirklichkeit war es eine Krankheit, von der man nur hoffen konnte, daß sie vorüberging.

Am Donnerstagmorgen verabschiedeten wir den Revisor und seinen zypriotischen Begleiter mit allen guten Wünschen, und am Abend war ich bei meinem Alten. Mein Erscheinen vom Meer her freute ihn. Ich erzählte von dem Zirkus, er lachte mit Behagen. Anscheinend gab ich ihm auch das Stichwort zu einem Thema, das ihm durch den Kopf ging.

»Weißt du«, hob er an, »es ist viel leeres Stroh über die Anpassungsfähigkeit und das geschickte Manövrieren unseres Bauern gedroschen worden. Und immer entsprang es den wie Rosinen im Frühjahr ausgetrockneten Gehirnen, die auf alle möglichen Götter, von denen sie gehört, geschworen und sie angebetet haben. Nicht eine Mode haben sie ausgelassen. Und mein Vater, der schlichteste und echteste Bauer, den ich kenne, ein klassischer« – dieses Wort liebte der Professor sehr – »Bauer, ist an der Unfähigkeit, sich anzupassen, gestorben! An seiner Verwirrtheit, dem Mangel an dieser Wendigkeit, von der du so schön berichtest. Ich habe mit Blut gezahlt und habe deswegen ein Recht auf eine eigene Meinung in dieser Frage.

Als meine Mutter starb, war er so alt, wie ich jetzt bin, das heißt vierundsechzig, noch stark wie ein Stier, er arbeitete am Anbau des Hauses und schleppte auf dem Rücken gewaltige Steinblöcke vom Haus meines Großvaters herbei, das etwa dreihundert Meter entfernt war. Und er lud sie selbst auf und ab, er hätte noch dreißig oder vierzig Jahre bei bester Gesundheit leben können, starb aber schon vier Jahre später, einfach aus Unfähigkeit, sich anzupassen. Anscheinend war mit dem Tod meiner Mutter ein entscheidendes Kettenglied seiner Welt gerissen, ein Grundpfeiler, auf dem sein ganzes Weltall ruhte, umgestürzt, und alles brach zusammen, auch er selbst; er löste sich wie ein Felsblock aus der Wand und ging zugrunde. Nachdem er so viele unerhörte gesellschaftliche Umwälzungen erlebt hatte, die Kollektivierung, die Veränderung der Lebensgrundlage, an die er gewöhnt war, wollte es ihm wohl nicht in den Kopf gehen, konnte er nicht begreifen, daß es nichts Dauerhaftes, nichts Stabiles auf dieser Welt gab, daß es nicht einmal etwas gab, woran man sich halten und dessen man bis ans Ende sicher sein konnte, daß alles der Vergänglichkeit und dem Tod geweiht war.

Er, der mannhaft und beherzt war, hat, wie es scheint, nach dem Tode des Menschen, mit dem er sein Leben geteilt hatte, Angst bekommen, das stand auf seinem Gesicht und besonders in seinen Augen geschrieben, er wurde weichlich und weinerlich, war äußerst verwirrt und glich auf schreckliche Weise einem schwachen, hilflosen Kind.

Du solltest unter anderem die antiken Grabmäler auf Zypern besuchen, sie sind es wert, du wirst dort sehen, daß Könige und andere Menschen einst in der Stellung begraben wurden, die sie im Mutterleib eingenommen hatten; wahrscheinlich war der Tod für sie die Vorbereitung auf eine neue Geburt. Aber das ist eine andere Frage.

Ich sagte, daß mein auf einmal gealterter Vater vor den Augen seiner Kinder zu einem hilflosen Kind wurde. Er begann sich nach Frauen umzusehen, mit denen er sich aus Angst vor dem Alter zusammentun wollte, führte auch zwei bei uns ein – die erste war nicht übel, sie gab ihm einigermaßen das Gefühl für Stabilität wieder. Doch es verging kein Jahr, da starb auch sie. Die zweite war ein Klumpen unbeseelter Schwarzerde und zeigte ihm gleichsam ein weiteres Mal, daß es keinen Ersatz für das Unersetzliche gibt. Seine klaren blauen Augen vergrößerten sich vor Entsetzen, er begann, ohne sich zu genieren, um Hilfe nach uns zu rufen, alle zwei, drei Monate schickte er Nachricht, wir sollten kommen, er liege im Sterben, aber zu uns in die Stadt zu ziehen, davon wollte er nichts hören.

Wir fuhren hin – er war gesünder als wir, doch von innen her untergraben, seelisch und geistig aufgebraucht, bei gesundem Körper. Und in einer schlaflosen Nacht neben einer völlig fremden Frau, von der er sich nicht erklären konnte, wie sie neben ihn ins Bett gekommen war, begann er hemmungslos zu weinen und seine Toten anzurufen, sie sollten ihn zu sich holen und nicht zulassen, daß er noch länger gestraft werde. Mit seiner zu Tode verletzten, verängstigten Seele tat er dem gesunden Körper Gewalt an, preßte die Augen zu und wollte sie nicht wieder öffnen, bis er seinen Geist aufgegeben hatte.

Der Arzt, der seinen Tod feststellen kam, musterte seinen sauberen, marmorweißen Körper, dem die üblichen Altersdeformationen fehlten. Er konnte den Ausruf nicht unterdrücken: ›Mein Gott, der Körper eines Jünglings!‹ Anpassungsfähig und angepaßt sind die Halunken, die seelischen Nomaden, die alle modernen Nomadenlager ihrer Zeit durchmessen haben!« schloß der Alte mit einer Art Drohung, von der ich nicht wußte, wohin und gegen wen sie gerichtet war.

An diesem Abend erinnerte ich ihn zum erstenmal daran, daß ich die Fortsetzung der Geschichte von Pygmalion hören wollte. Er machte keinen Hehl aus seiner Genugtuung, daß er mein Interesse geweckt hatte.

»Die Geschichte des antiken Pygmalion«, begann er, »hat keine Fortsetzung. Für mich war es wichtig zu begreifen, wie er dahin gelangt ist, das Erlebte zu überwinden, was er für einen Ausweg gefunden hat, von welchem menschlichen Erleben ein Mythos ausgegangen ist. Bleibt nur noch, meine Geschichte, die ich dir mit Erleichterung an diesem ungewöhnlichen Ort erzähle, zu Ende zu bringen. Ich habe das Bedürfnis, alles laut auszusprechen, die angesammelten Worte wie Signale in Raum und Zeit auszustreuen; glaub mir, für mich bedeutet es nicht wenig, daß mich ein Mensch gehört haben wird.

Anscheinend verspürte sie, Maria, wegen unseres entzückenden Ausflugs in die Berge, doch ein paar Gewissensbisse, etwas wie Reue wegen ihres Sadismus, der, das will ich ihr zugestehen, nicht völlig absichtlich und bewußt war.

Nach diesem Vorfall verzweifelte ich endgültig, ich

sah, daß es für unser Problem keine Lösung gab, daß eine solche, wie immer sie nach all dem Geschehenen aussehen mochte, schlecht sein mußte, wir hatten unsere Beziehungen derart vergiftet, daß das Ganze irreparabel war.

Ich verzog mich den Sommer über auf unsere Objekte in der Provinz und wartete meinen Anstrengungen zum Trotz darauf, ihr irgendwo zu begegnen, sie an den unwahrscheinlichsten Orten zu sehen, wo selbst eins zu einer Million schon eine große Wahrscheinlichkeit war. In meinem Kopf fügten sich die Dialoge weiterhin ganz von selbst, im Geist sagte ich so gewaltige und kluge Dinge, daß sie sich überwältigt mir zu Füßen warf und umgewandelt wieder erhob. Lauter Unsinn dieser Art, als käme in solchen Situationen den Worten irgendeine Bedeutung zu.

Als ich zu Herbstbeginn nach Sofia zurückkehrte, suchte ich das nun öde und ganz besonders triste Zimmer auf, den Ort unserer ehemaligen Wonnen, ich tat es nur, um wie ein Wolf meine Wunden zu lecken. Ich fand ein Zettelchen – in meiner heimlichen Hoffnung hatte ich mir den Schlüssel noch nicht wiedergeben lassen –, ein Zettelchen, auf dem stand, ich solle, wenn möglich, anrufen, sobald ich zurückkomme. Dieses ›wenn möglich‹ erschien mir wie Hohn. Ich hätte das ganze Haus auf dem Rücken davonschleppen können, die Füße trugen mich von selbst zum Telefon, mein Bewußtsein trübte sich, ich vergaß meine Ciceroposen und die gewaltigen Reden, die ich vorbereitet hatte.

Die Verbindung kam einfach und leicht zustande, etwa zwei Stunden später saß Maria auf ihrem gewohnten Platz mir gegenüber, ich saß mit scheinbar unbeteiligtem und bösem Gesicht auf meinem, meine Augen und meine Miene aber, davon bin ich jetzt überzeugt, sprachen beredter als alles andere von der Beflissenheit eines Besiegten, der zu allem bereit war, einzig und allein, damit *sie* zugegen war, damit er sie ansehen und sie hören konnte, damit es ewig so blieb.

›Jetzt hör zu‹, sagte sie, denn sie hatte zweifellos ihre uneingeschränkte, unangefochtene Macht gespürt, ›ich liebe dich, alles ist in Ordnung, laß es uns ruhiger und vernünftig angehen.‹

Mit demselben siegesbewußten Ton hätte sie sagen können ›ich sehe dich‹, der Abstand zwischen meinem Gefühl und diesem eisigen ›ich liebe dich‹ war so groß, daß mir selbst in dieser Verfassung kein Zweifel blieb, wie weit wir es gebracht hatten. Doch wenn ich sage, daß ich besiegt war, so mußt du mich im wörtlichen Sinn verstehen. Um sie mir zu erhalten, war ich zu allem bereit, selbst, so steinern geliebt zu werden und es ruhig und vernünftig angehen zu lassen.

Von dem Augenblick an begann die Agonie unserer Liebe, die Zerstückelung des erhabensten Werkes, das ich in der Phantasie und im Leben geschaffen hatte, die Zerstörung und der Verfall meiner Statue, die Entdekkung der Nichtübereinstimmungen oder offenkundigen Unvollkommenheiten – bald eine gebrochene Nase, bald ein schiefer Mund und so weiter. Es begannen auch die endlosen Erklärungen des Vorgefallenen, das häßliche Aufzählen des Erlebten, das Vorlegen von Rechnungen, Verstimmungen.

Meiner Liebsten fehlte es offensichtlich nicht an Selbstbewußtsein, und ich war der letzte, der davon überrascht sein durfte, da ich selbst daran schuld war – ich hatte es ihr eingepflanzt, ich hatte sie vergöttlicht. Sie begann – Elan kann ich ihr nicht absprechen – mit dem Schwierigsten, dem Mühsamsten – mein Selbstgefühl, mein Stolz mußten vernichtet werden, und die waren nicht gering, und ich glaube, daß ich Grund dazu hatte, sowohl wegen meiner Stellung und der Erfolge im Beruf als auch wegen der Einstellung anderer Frauen zu mir, etwas, was ihr hinreichend gut bekannt war.

Mit und ohne Anlaß, unter vier Augen oder im Beisein anderer, wurde mir vorgehalten, daß ich den Mund sehr voll nähme, daß ich so originell nun auch wieder nicht sei, daß ich gar nicht so besonders sei, wie es die anderen von mir behaupteten und wie ich es selbst vorspiegelte. Wie zu erwarten war, begann ich auf Grund dessen tatsächlich großspuriger zu reden als sonst, meine Verdienste und meine Stellung zu übertreiben, zu zitieren, wer wo bei uns oder im Ausland über mich gesprochen oder geschrieben hatte, all das bildete einen Teufelskreis, der sie offensichtlich amüsierte, mich jedoch quälte und demütigte. Einen Vorfall kann ich nicht vergessen und werde jetzt noch innerlich rot bei dem Gedanken daran, er ist so etwas wie ein Alpdruck geworden.

Ich fuhr zu einem vorher verabredeten Ort, um sie abzuholen, wir wollten außerhalb der Stadt zu Abend essen, ein bißchen spazierengehen. Ich traf sie aber mit einer neuen, mir nicht bekannten Freundin an, die auch nicht von unserem Fach war, wie sich zeigte, ein schlankes Mädchen mit ungewöhnlich feinen Zügen.

Maria forderte ihre Freundin auf mitzukommen. Inzwischen war ich es schon gewöhnt, alles zu schlucken, ansonsten hätte mir an diesem Abend sehr daran gelegen, mit ihr allein zu sein. Wir fuhren los. Schon im Auto begann Maria ihrer Freundin fast wortwörtlich von einem Aufsatz in einer ausländischen Zeitschrift über eine jüngst von mir erschienene Arbeit zu erzählen. Ich hatte ihr die Zeitschrift bei unserem vorherigen Treffen gegeben, es lag auf der Hand, daß meine Angebereien trotz allem weitergingen, etwa in dem Sinn: Schau, was sogar die Leute im Ausland von mir denken, und was machst du?

Ganz zermürbt hörte ich jetzt die bekannte, liebe Stimme, ich meinte, aus ihr erneut Bewunderung für mich und meine Arbeiten herauszuhören, dachte, daß sie endlich, nachdem man es auch im Ausland sagte, sah, mit wem sie es zu tun hatte. Balsam ergoß sich auf meine Wunden; in der Hoffnung, daß es wiederkommen würde, entdeckte ich wieder, was wir verloren hatten.

Und Maria war ganz bei der Sache, sie erzählte gut, sie erzählte so, daß selbst ich, der Wichtigtuer, die Sache von Zeit zu Zeit ins Scherzhafte ziehen mußte: dies sei nun aber wirklich zu dick aufgetragen, obwohl ich vor den beiden Schelminnen das Vergnügen nicht verbergen konnte, das sie mir bereiteten.

Danach verlief der Abend unerwartet angenehm, ihr Gespräch drehte sich immerzu um mich, sie schmeichelten mir viel und sogar übermäßig, ich entwickelte beiläufig einige meiner Lieblingsideen, ich wurde geistreich, setzte den goldenen Hut auf und begann um die beiden herumzuhüpfen, berauscht von meinen Gedanken und meiner Bedeutung, von meinen künftigen Plänen, und als ich meine Darlegungen darüber, wie ich den Fall Zypern sah, was ich von ihm erwartete, was ich machen wollte, abgeschlossen hatte, da rief Maria mit der ganzen Verstellung, der sie fähig war, meiner Meinung nach aber völlig aufrichtig: ›Er ist kolossal!‹ Ich grinste selig, die beiden Mädchen sahen mich hingerissen lächelnd an.

Wir zahlten, denn man hatte uns zu verstehen gegeben, daß wir gehen sollten, das Lokal wollte schließen. Als wir hinauskamen, gingen die beiden voraus, ich folgte ihnen vergnügt in ziemlichem Abstand, das Auto stand etwa zwei-, dreihundert Meter weit entfernt. Sie tuschelten miteinander, lachten, sie hatten wie ich etwas getrunken. Auf einmal blieben sie stehen, ich hörte, wie Marias Freundin in unerwartet ernstem Ton sagte: ›Trotzdem war es gemein, du bist gemein, Maria!‹

Auf einmal ging mir ein Licht auf – sie hatten sich über mich lustig gemacht, mein Selbstgefühl verhöhnt. Maria hatte mich von meiner, wie sie dachte, lächerlichsten Seite vorgeführt. Unendliche Bitterkeit ergoß sich mir in Seele und Herz. Heute noch habe ich einen bitteren Geschmack im Mund, wenn ich daran denke. Aber ich schluckte auch das hinunter, fand die Kraft, sie nach Hause zu fahren, Maria wollte bei ihrer Freundin schlafen, ich hatte ohnehin das Bedürfnis, allein zu sein. Ich ging in unser gemietetes Zimmer, und als ich mich auf den Bettrand setzte, brach ich vor Kränkung in Tränen aus.

Ich dachte, vielleicht liebte ich mich selbst wirklich allzusehr, doch wie kann ich, ohne mich selbst zu lieben, einen anderen, die anderen lieben, sah sie etwa nicht, daß ich damit zugleich sie liebte, unsinnig und zu allem bereit, selbst zu Erniedrigungen, daß ich sie so sehr lieben konnte, weil ich Liebe im Überfluß besaß, weil die von Liebe zu mir selbst übervolle kostbare Schale in meiner Seele überfließen mußte. War nicht gerade die Eigenliebe gewisser anderer kümmerlich, in ein Schneckenhaus eingeschlossen, auf armselige Weise egoistisch, kleinlich und selbstsüchtig, abstoßend individualistisch, weil sie die Schale nicht übervoll machte und nicht in Liebe zum anderen, das heißt natürlich zu mir, und zu den anderen überfloß? Wieder begannen die endlosen Monologe und Auseinandersetzungen mit ihr, die ich am Tag darauf nicht in jener bestimmten und kategorischen Form auszusprechen wagte, in der ich sie mir während der Nacht zurechtlegte.

Weißt du«, fuhr mein Freund fort, nachdem er eine Weile geschwiegen hatte, wie immer, wenn er sich zu einer Abschweifung anschickte oder das Thema unter einer anderen Perspektive betrachten wollte, »du kannst dir gar nicht vorstellen, wie sehr ich mir wünsche, daß du mich nicht falsch verstehst! Wohlgemerkt, ich verfolge und erzähle nicht so sehr die Geschichte als vielmehr mein Thema. An der Geschichte selbst habe ich das brennende Interesse verloren, aber das Thema ist geblieben, und ich kann sagen, es bewegt mich mehr als früher. Sieh nur, wie es selbst bei Ovid ist. Pygmalion und die mit ihm verbundenen Themen erscheinen erst, als er empört ist, ›durch die Fehler geschreckt, die dem weiblichen Sinne zahlreich gab die Natur‹. Gerade darauf möchte ich jetzt deine Aufmerksamkeit lenken, ich möchte, daß du dir eins fest einprägst.

Ich führe die negativen Seiten der mir bereits entglittenen Galatea an und betone sie, nicht, weil sie keine positiven und guten Seiten gehabt hätte, sondern weil ich den Unterschied zwischen dem Werk meiner Phantasie oder, wenn du so willst, dem Geschöpf meines Bewußtseins und jenem realen, wahrnehmbaren, mir ansonsten teuren Wesen, das mir wieder leibhaftig gegenübersaß und in meinen Armen lag, wenn auch viel seltener als ich mir gewünscht hätte, untersuchen will.

Ich will nicht annehmen, daß Maria der Liebe unwürdig gewesen ist, es gibt keine Unwürdigen für die umgestaltende Kraft der Liebe. Von Maria läßt sich das am allerwenigsten behaupten, ich bot sie ihr einfach in solchen Mengen und Übermengen, daß sie sie auch unbeachtet lassen und vergeuden konnte, weshalb es dazu kam, daß sie sie nicht zu schätzen wußte, daß sie glauben konnte, sie habe zwar einen Anfang gehabt, aber das Ende würde ausbleiben. In allem sonst war sie wunderbar, bestrickend, sie war physisch wie seelisch talentiert, von ihr ging eine belebende, inspirierende Kraft aus. Ihre Fraulichkeit, selbst ihre Heucheleien waren süß, indessen weiß ich nun, daß der Allerhöchste mich zur Strafe mit dem Leibhaftigen selbst zusammengeführt hat. Die Frage war: wozu? Und als ich danach eine Analyse der Lehre, der Lektion vornahm, glaubte ich, die richtige Antwort entdeckt zu haben.

Wie du an der Art, in der ich mich dir aufdränge, siehst, bin ich ein schwerfälliger, schwieriger Mensch, ich gebe mich nicht mit Möglichem zufrieden, nie ist mir genug, was man mir gibt, an allem habe ich etwas auszusetzen, ich gehe den Leuten auf die Nerven, Verehrung und Bewunderung meiner Umgebung können gar nicht groß genug sein.

In der Geschichte mit Maria sah ich mich plötzlich selbst und entdeckte entsetzt, daß wir die Plätze getauscht hatten, daß sie so mit mir umsprang, wie ich mehr als einmal, ohne es zu merken, gedankenlos und sträflich geringschätzig mit denen umgesprungen war, die mit klopfendem Herzen zu mir aufblickten und ihren Augen nicht trauen wollten – so sehr unterschied sich das Produkt ihrer Phantasie von dem Gesehenen, das etwas Grausames und Herzloses an sich hatte und für die Liebe, mit der sie es beschenkten, unglaublich unempfindlich war.

Heute noch denke ich mit Entsetzen daran, wie ich Marias Rolle vor anderen gespielt habe, ohne daß mir dies krankhaft und für das Unsterbliche im Menschen beleidigend vorkam, und wie viele Wunden ich geschlagen habe, indem ich die Verehrung und die Erwartungen, die ich nicht ganz unbedacht hervorgerufen hatte, als etwas Selbstverständliches, vollauf Verdientes hinnahm, doch diese Unbekümmertheit hat mir ein eigenartig sadistisches Vergnügen bereitet. Diese männliche Galatea, diese männliche Barbarin in mir flößt mir Angst und Grauen ein, sogar jetzt noch, wo es zu spät ist, irgend etwas wieder in Ordnung zu bringen.

Durch Maria habe ich offenbar nicht nur das Unglück kennenlernen und begreifen müssen, sondern auch das unglückliche Wesen und Bewußtsein, welches damit bestraft ist, daß es nicht ganzheitlich und vorbehaltlos lieben, ja, die ganzheitliche, vorbehaltlose Liebe nicht schätzen kann. Ich sah, was es heißt zu behexen, ohne die Wirkung der Zauberkünste aufhalten zu können, was es heißt, dem Dämon des Bösen unkontrolliert die Türen zu öffnen, ohne die Möglichkeit zu haben, ihn wieder zu binden, wieder die Kontrolle über ihn zu erlangen, sich nach der Trunkenheit der Liebe der entgegengesetzten Kraft anheimzugeben, der teuflischen Kraft des Hasses, der Abneigung, der Grausamkeit, der Herzlosigkeit, und mit Gewalt das brüderliche Mitleid in sich auszumerzen, denn man darf nicht vergessen, daß in unserer alten, vollkommenen Sprache ›lieben‹ dasselbe wie ›mitfühlen‹ bedeutet oder bedeutet hat.

Ich mußte mich vor mir selbst schämen, als ich sah, was es heißt, die Liebe nicht zu würdigen, so daß sie aus den Schätzen deiner Seele ausscheidet, und irgendwelche Ergebnisse von ihr zu erwarten, als ob Liebe nicht sich selbst genügte, sondern unbedingt etwas anderes außer Liebe hervorbringen und Mittel zu etwas anderem, Höherem als sie selbst sein müßte. Und was könnten das für Ergebnisse sein, außer einer lästigen Ehe, als ob nicht Millionen Ehen ohne Liebe bestünden, manche sogar recht stabil, in völligem Wohlbefinden. Oder die Kinder, als ob nicht Kinder ohne Liebe geboren oder gemacht würden, als ob nicht die Natur selbst darauf hindeutete, daß es zum Zeugen und Gebären von Kindern nicht der Liebe bedarf, daß sie aber benötigt wird, um die Kinder als normale Menschen aufzuziehen und zu erziehen.

Ich war entsetzt über die unbegrenzten Möglichkeiten, die uns die Liebe gibt, den anderen, die anderen zu mißbrauchen, den Verliebten gewissenlos auszuplündern. Ich muß dir sagen, daß all diese Beziehungen zwischen Persönlichkeiten, zwischen reifen Menschen, die bereits von der Kultur geformt und geschliffen sind, auf absoluter Gegenseitigkeit beruhen müssen, da sie andernfalls äußerst schlüpfrig werden und zur Katastrophe tendieren.

Wenn zum Beispiel die erotische Anziehung, das Liebesspiel im engeren Sinn, nicht nur eine, freilich wichtige Seite ist, sondern die ganze Liebe beherrscht, stellt sich bald der Gegeneffekt ein, das Erlöschen der Beziehungen mit dem Erlöschen des Magnetismus, der Anziehung, die auch im besten Fall eine begrenzte Potenz hat und auch bei unbegrenzter Erfindungsgabe von der Eintönigkeit besiegt werden kann. Denn bei der rein geschlechtlichen Anziehung liegen sämtliche Akzente nicht auf dem Gemeinsamen, dem Verschmelzen, der unsterblichen Vereinigung, sondern auf den Unterschieden zwischen Mann und Frau. Natürlich machen diese Unterschiede den Umgang reizvoll, technisch vollkommener, aber nach einer Weile erkennt man, daß die Unterstreichung, die Betonung sie unüberwindbar gemacht hat, daß eben das Verlangen nach Verschmelzen, eben die Liebe von der Ausübung der Liebe getötet worden ist.

Hier entsteht ein weiterer Teufelskreis – die Trennung von Geist und Körper –, der an die verführerische Anziehung des Todes erinnert. Denn was ist der Tod anderes als die Trennung, Loslösung, Wegnahme der Seele vom Körper. Liebe in dieser Form verrichtet im voraus etwas, das dem Werk des Todes gleichkommt.

Hatte ich in dieser Angelegenheit auch viel von meinem Verstand eingebüßt, so doch offenbar nicht alles, denn Tag für Tag bemerkte ich, da es Tausende Anlässe dazu gab, die langsame, doch sichere Zerstörung des Kindes der Liebe, der schönen Träume unserer Phantasie. Maria war offenbar nicht mehr imstande, den Dämon zu zügeln, den sie aus sich herausgelassen hatte, sie wurde selbst zu seiner Gefangenen, und sie hatte nicht nur aufgehört, mich zu lieben, was etwas Menschliches ist, sie hatte es sich zur Aufgabe gestellt, mich zu demaskieren, die ehemalige Schöpfung ihrer Phantasie herabzusetzen und in den Schmutz zu treten, sie zu bestrafen und so weiter.

Ich war nicht so verblendet, daß ich das nicht bemerkt hätte, befand mich aber in einer völlig ausweglosen Lage und wußte wirklich nicht, was ich machen sollte. Ich erwähnte die Umarmungen. Keine Spur mehr von der früheren Wonne. Jetzt waren sie erbettelt, erfleht, qualvoll, glichen eher feindlichen Treffen, in denen man dem Gegner direkt auf den Leib rückt, um ihm eins auf den Pelz zu brennen. War die Entdeckung, daß ich schwitzte, früher ein Anlaß gewesen, zärtlich zu sein, mich zuzudecken, so war sie nun Anlaß zu einer bissigen Bemerkung, zu Feindseligkeit: Wie verschwitzt du bist!

Die Zerstörung war in Gang gekommen, sie nahm ihren ungestümen Fortlauf, weder sie noch – am wenigsten – ich hatten mehr Gewalt darüber. Zum Unglück wurde damals in den Kinos ein aufsehenerregender polnischer Film gegeben, ›Ausverkauf‹, ich habe ihn mir zum Trotz nicht angesehen, aber sie erzählte mir oft davon, er hatte einen erschütternden Eindruck auf sie gemacht. Kurzerhand bezog sie ihre ganze Philosophie von dort, als schliefe nicht ein richtiger Philosoph und Magister des Fachs neben ihr; sie erklärte den ›Ausverkauf‹, und unsere Liebe wurde auf dem Markt feilgeboten, sie wurde versteigert, nur daß niemand dafür bieten wollte. Und wie immer in so einer verfahrenen Situation, fiel mir nichts Klügeres ein, als erneut vorzuschlagen, daß wir zusammenzogen und versuchten, zusammen zu leben.

Sie antwortete nachdenklich, sie könne mit mir leben, wolle es sich aber noch ein Weilchen überlegen. Glaub mir, ich schwöre es, selbst nach alldem erwartete ich, daß sie sagen würde: ›Ich kann ohne dich nicht leben.‹ Doch was willst du – ich war ein Vollidiot. Ich ging auch darauf ein.

Weißt du«, der Professor hob die Stimme, »heute bereue ich nichts. Es ist natürlich, daß wir uns für die, die wir lieben, mühen und plagen, und ebenso, daß wir das lieben, wofür wir uns geplagt haben. Immerhin bin ich heute mehr denn je überzeugt, daß der große Prozeß der Liebe auch in meinem traurigen Fall nicht spurlos vorübergegangen ist. Erinnerst du dich an Ibsens Heldin in ›Rosmersholm‹, jene ehrgeizige Wilde, Rebekka, glaube ich, heißt sie, die dieses von Generation zu Generation vererbte, vornehme Haus immerhin nicht so verläßt, wie sie gekommen ist, voller berechnender Pläne und Schliche, mit ihrer barbarischen Leidenschaft, zu erobern und zu unterwerfen. Du erinnerst dich doch, sie sieht eine andere Welt, andre Menschen, andere Beziehungen, und nicht ihr gelingt es, Rosmersholm zu zerstören und zu verändern, sondern das edle Haus bildet sie, wandelt sie um, Rosmersholms Liebe besänftigt die Leidenschaft einer Wilden und macht diese sogar fähig zum Selbstopfer.

Es ist unmöglich«, die Stimme hallte laut und schrecklich durch die Nacht, »denk an meine Worte, es ist unmöglich, daß Maria in ihrem mir gegenüber erkalteten Herzen, auf dem Grunde ihrer doch gerechten Seele das geblieben ist, was sie war, bevor sie zu mir kam und bevor sie sich von mir trennte. Zumindest wird die Tatsache, daß sie eine solche Liebe erweckt, eine solche Leidenschaft genährt hat, daß sie so geliebt worden ist und ihretwegen so gelitten wurde, allen ihren Tagen Wärme geben und das harte Herz erweichen, das sich vielleicht doch, wenn auch spät, der opferbereiten Liebe öffnen wird.

Es ist einfach unausbleiblich, daß sie mit all ihrem Stolz umgewandelt wird, daß sie Tränen vergießt, wenn sie erkennt, daß auf dieser Welt sie niemand mehr so ernsthaft, so vorbehaltlos, so voller Hingabe akzeptieren wird. Eine Niederlage in der Liebe ist eine heroische Niederlage, sie muß eine feurige Spur hinterlassen, die wahre Wirkung der Liebe kann nur Liebe sein.«

So ging dieser Abend zu Ende. Wir rüsteten aufgeräumt zum Aufbruch, lächelten einander zu, das Finale hatte über die bedrückende Geschichte hinweggeholfen.

Leichthin begann ich von etwas anderem zu reden, davon, daß ich mir die Mosaiken ansehen möchte, den Professor freute das, und dieses Mal verabredeten wir uns für Samstag, er sollte nach der Arbeitszeit vorbeikommen und mich abholen, damit wir uns die Altertümer gemeinsam ansähen und ich ihm, wie er sich ausdrückte, den ganzen Abend widmen könnte.

Achter Abend

Wie es schien, legte der Alte Wert darauf, daß der mir geschenkte Abend, der sich über die ganze Nacht ausdehnte, königlich ausfiel. Er hatte Vorsorge dafür getroffen. Im Lager erschien er pünktlich zur verabredeten Minute, elegant, mit unfehlbarem Geschmack gekleidet; er trug seinem Alter angemessene Farben, doch seine Kleidung war von jugendlichem, modischem Zuschnitt, und um den Hals hatte er einen bildschönen Seidenschal geschlungen.

Ich stellte ihn den Kolleginnen und Kollegen vor, die in der Nähe waren. Seine Umgangsformen machten Eindruck durch leichte Förmlichkeit und Unmittelbarkeit, die bei ihm gut zusammengingen, er zeigte sich als Mann mit Selbstgefühl, der nicht gern unbemerkt bleibt, aber bescheiden wirken und gefallen möchte. Es stellte sich heraus, daß einer meiner Kollegen mit Amateurinteressen auf seinem Fachgebiet von ihm als Berühmtheit gehört hatte und ihn kannte. Das bereitete dem Professor Genugtuung, dennoch ließ er es sich nicht nehmen, über den ärmlichen Ruhm gelehrter Typen seines Schlages im Vergleich zur überreichen Popularität der Leute von Film und Fernsehen zu scherzen.

Hier, in der Gesellschaft von mehreren Leuten, flößte seine Erscheinung Respekt und Achtung ein, er ähnelte nicht mehr dem unter seiner Last gebeugten alten Mann am Meer. Einen Augenblick lang wunderte ich mich selbst, wie und warum es mir gelungen war, so schnell sein Vertrauen zu gewinnen. Jetzt erst, da ich, begünstigt von seinem Abgelenktsein durch andere, ihn bei Licht betrachtete, sah ich sein gedankenvolles Gesicht, auf das Zeit und Erleben eine angespannte, gebündelte Geistigkeit und kindliche Empfindsamkeit geschrieben hatten.

Eine unserer Kolleginnen sagte hinterher nicht ohne Interesse: »Dieser Dandy ist noch als Liebhaber zu gebrauchen!«

Der Professor entschuldigte sich, daß er mich an diesem Abend entführte, ohne aus Zartgefühl auch nur anzudeuten, daß dies nicht das erstemal war, und wir fuhren los.

Unseren Rundgang begannen wir im Haus des Dionysos, wahrscheinlich so genannt, weil in den Mosaiken Darstellungen des Gottes des Rauschs und des Lebens vorherrschten. Eigentlich war ich durch die Erzählungen des Professors vorbereitet, aber was ich sah, übertraf alle meine Erwartungen, machte mich trunken, als hätte ich eins der Sieben Weltwunder vor mir.

Dies sei ein altes Patrizierhaus aus der Zeit, als die Ptolomäer auf Zypern herrschten, im Stil der hellenistischen Epoche. Sämtliche Fußböden seien mit vielfarbigen Mosaiken ausgelegt gewesen und stellten gewaltige Kompositionen dar, in denen mit edlem Sinn, stiller Schönheit und heiterer Weichheit die schönsten Mythen und Visionen der alten Griechen in Gemälden erzählt würden. Hier führen ihre Götter leicht und fröhlich in goldenen, von Panthern gezogenen Streitwagen dahin. Am längsten hielt mich der Professor vor einem unwahrscheinlich schönen Mosaik in einem nicht allzu großen Zimmer des Palastes fest, das in vielen Farben Ikarus und die Früchte seines Weinberges zeigte.

»Schau nur, schau!« rief er entzückt. »Sag mir, geht die Schönheit aus dem tiefen Sinn hervor, oder der Sinn aus solcher Schönheit? Sieh da links den Alten, ein unverbesserlicher Verführer, der Gott des Weins mit dem Kranz auf dem lasterhaften Kopf, wie er mit gespielter Harmlosigkeit die Traube süßen goldenen Weins der halb liegenden, zum Umfallen bereiten, wie ihr Jungen heute sagen würdet, Akmi gibt. Er weiß, der geriebene Halunke, in dem jungen, unschuldigen Ding wird die vor Süßigkeit strotzende Traube dieses Landstrichs sofort gären und zu Wein werden, die jungen Mädchen werden schon vom Most betrunken, und über die Trunkenen herrscht Dionysos unumschränkt. Und hinter Akmi erscheint vor Dionysos' Blick bereits Ikarus, der mit einem Wagen voller prallgefüllter Weinschläuche aus seinem Weinberg zurückkommt.

Jetzt schau nach rechts. Sieh das leichte Wanken der Trunkenheit in den Figuren der beiden Schäfer des Ikarus, die ihn nach einer Weile erschlagen werden, weil sie zum erstenmal Wein gekostet haben und denken, ihr Herr habe sie vergiftet.

Wie bedeutungsschwer ist doch der Sinn, den die Menschen der Antike in ihre Märchen und Legenden gelegt haben! Das göttliche Getränk des Dionysos, der Lebenstrank, ist für die Sklaven todbringendes Gift, sie sind nicht darauf vorbereitet, sich an dem Wunder des Lebens zu erfreuen, sich ihm hinzugeben, ihnen ist die Begeisterung, die aus seiner berauschenden Kraft wächst, fremd, die Begeisterung über das Leben selbst halten sie für giftig, und nichts fällt ihnen so leicht, wie das zu töten, was fliegt, was die Flügel des Ikarus hat.«

Danach begaben wir uns in den Nachbarpalast, der womöglich noch reicher, aber nicht so gut erhalten war. Hier nun sahen wir die Entdeckung des Professors, das Mosaik mit der Darstellung des Mythos von Theseus, Ariadne und dem Sieg über den *Minotaurus* im *Labyrinth*.

Der Alte ließ mich schauen, stand schweigend neben mir, sagte kein Wort.

Jetzt sah ich, daß das Mosaik die Form eines vollständigen Kreises hatte, der die Vorstellung von den verworrenen Zickzackwegen des kretischen Labyrinths zu vollenden schien. Er zeigte mir die neuentdeckten Überreste des Mosaiks mit der Darstellung des Mythos von Achill, aber dort hielten wir uns nicht lange auf. Seiner Ansicht nach war Achill eine Gottheit, ein Idol der Verehrer roher Gewalt; sie träumten ihr ganzes Leben lang heimlich von Macht und kämpften deshalb unentwegt gegen jede – ob göttliche oder kaiserliche, gesetzliche oder ungesetzliche – Macht. ›Achill war die rohe Gewalt‹, zitierte er Geo Milew,[1] und dann brachen wir auf.

Das Kulturprogramm war zu Ende, der bunte Abend begann. Der Professor sagte, er werde mit mir in ein Restaurant gehen, das er des öfteren aufsuche und ausgewählt habe, nachdem er Tag für Tag und Abend für Abend sämtliche Lokale von Paphos, und das waren nicht wenige, methodisch abgeklappert hätte.

Das Lokal war tatsächlich nicht übel. Von außen unauffällig, sogar unansehnlich – eine hohe, breite Terrasse mit einigen Gestellen zum Aufspannen von Sonnensegeln, die abends abgenommen wurden, einfache Tische ohne Tücher, bequeme Stühle. Um uns herum war es noch leer. Aber, Leute, was für Feuerwasser, was für pikante Happen gab es dort!

Wir fingen mit einem eiskalten Mastixschnaps aus Chios an, der nach den Worten des Professors sonst nirgends angeboten wurde, mit dem authentischen Duft nach authentischem Mastix, dazu wurden bescheiden erdnußkleine kretische Oliven serviert, die sich als göttlich erwiesen.

---

[1] Geo Milew (1895–1925). Das Zitat stammt aus seinem Poem ›September‹.

Von Anfang an merkte ich, daß sich der Alte hier wie zu Hause fühlte. Man begrüßte ihn breit lächelnd, liebenswürdig wäre untertrieben, freiheraus wie einen erwarteten und immer willkommenen Gast, dem Kellner folgte der Wirt auf dem Fuße, sie lachten lange laut, erzählten sich etwas auf mittelmeerländisch vertrauliche Art, und an ein paar Gesten erkannte ich, daß der Professor erklärte, wie etwas zubereitet werden sollte. Danach wurde er in die Küche mitgenommen, wahrscheinlich, damit er die Zutaten aussuchte, und kam von dort noch aufgeräumter zurück. Als ich am Ende die Zeche sah, die er bezahlte, und das königliche Trinkgeld, insgesamt fast so hoch wie die Spesen für meine ganze Dienstreise, wurde mir alles klar.

Jetzt schlürften wir gemächlich den nach Mastix duftenden Schnaps und gingen zu den folgenden Dingen über. Gleichzeitig mit dem Weißwein in einer beschlagenen Steingutkanne wurde ein dampfender weißer Plattfisch auf den Tisch gestellt – man brauchte mir nicht zu erklären, daß auch für uns etwas vom Getränk und der Zuspeise des *Vaters des Gottes* übriggeblieben war.

Mit den Getränken nahmen die pikanten Happen an Zahl, Menge und Güte zu. Der Tisch war nicht groß genug, um sie alle zu fassen, ein zweiter, flacher Tisch wurde seitlich herangestellt und mit all den Dingen beladen, ich zählte bis vierzig, dann gab ich's auf.

Ich ging in den Erzählungen meines Gesprächspartners, den ich nur unter Vorbehalt so nennen möchte, ganz auf, denn nicht einmal Fragen stellte ich, sondern hörte nur zu, wobei ich mich in den seltenen Augenblikken, wenn er aufs nahe Meer schaute, verwundert fragte, auf welche Weise sich bei einem Landsmann von mir verfeinerte Geistigkeit und eine fast zügellose, bis zu einem gewissen Grad exzessive Schwäche für die Genüsse des Lebens so überzeugend verbunden hatten. Das

Gespräch begann schon, als die beschlagene Kanne und der dampfende Fisch aufgetragen wurden.

»Fürchte die Menschen, die die einfachen Freuden des Lebens nicht schätzen! Natürlich nur, wenn sie nicht vom Schicksal dazu verdammt sind, oder es ihnen gewaltsam unmöglich gemacht wird. Hätte ich frühzeitig gelernt, die Menschen an diesem Merkmal zu unterscheiden, wären mir viele bittere Irrtümer erspart geblieben. Jetzt, wo meine Kräfte schwinden, bin ich entsetzt über Leute, die sich nicht an der Freundschaft, der Liebe, der Arbeit, der Eintracht erfreuen können und nicht am guten Brot, dem jungen, hausgemachten Wein, einer schönen Frau, einem weisen Buch, erlesenen Gedanken, einer hervorragenden Idee, einer Begegnung und so weiter.

Das schwierigste und vielleicht eben deshalb wertvollste im Leben«, fuhr er nach kurzem Nachdenken fort, »ist das Herausmeißeln der zwischenmenschlichen Beziehungen, der Beziehungen zwischen den Individuen, die die rätselhaftesten Produkte des Weltalls, launisch, kompliziert sind und immer komplizierter werden. Nicht zufällig sage ich ›Herausmeißeln‹, denn die Herstellung schöner zwischenmenschlicher Beziehungen ist gleichbedeutend mit der wunderbaren Bildhauerkunst, dem Schaffen des Bildhauers, worin die antiken Vorbilder wiederum unübertroffen sind. Im ›Phädrus‹[1] erzählt der tiefste Denker des Altertums, daß die Verliebten ihrem Idol ein Opfer darbringen ›vor einem Gott oder einer Statue‹. Beachte, daß hier Götter und Statuen gleichgestellt sind.

Für Platon ist die Skulptur das Abbild der Idee, die wunderbare Konzeption, durch die man das Ideal eines jeden Existierenden erfassen und betrachten kann – nicht sein vom Verweilen in den Mühsalen der Welt ge-

---

[1] Gemeint ist der gleichnamige Dialog von Platon.

quältes Wesen sehen und aufnehmen muß, sondern das Urbild, wie es von den Göttern gedacht worden ist.

Es fällt nicht schwer, den Niedergang der Skulptur zu erklären – die Menschen verlieren die Ideen aller auf Erden und im Himmel existierenden Dinge aus dem Blick und sehen nur die verzerrte, vom Leben deformierte Gestalt. So geht ihnen mit dem Verlust einer Freundschaft die Idee der Freundschaft verloren, entschwindet ihnen mit dem Bild der Geliebten auch das Bild der Liebe. Wir haben darauf verzichtet, die Beziehungen zwischen uns herauszumeißeln, und vermissen eine Skulptur!

Nichts quält den Menschen von heute mehr als die Einsamkeit, und nie haben sich die Menschen vor den einfachen Freuden der Liebe so gefürchtet wie jetzt, doch kann das Problem der Einsamkeit nur in der Liebe eine Lösung finden, unter ihrem Kreuz und ihrem Moralkodex, die uns immer mehr überfordern. Uns fehlt auch der Sinn für das, was die alten Römer ›amor fati‹ nannten, die Liebe zum eigenen Schicksal. Jeder ist unzufrieden, jeder glaubt sich für ein besseres Los geboren, keiner hat je genug. Das ist eine weitere Ursache dafür, daß wir geringschätzig an den Gaben des Lebens und der Natur vorbeigehen.

Schade, wie es aussieht, wirst du nach Norden, zum Berge Akamas nicht mehr kommen, denn dort kann man noch Plätze entdecken, an die zu keiner Stunde des Tages die hier alles durchdringende Sonne gelangt. Manche meinen, die Quellen und Bäder der Aphrodite seien dort, und sehen nicht, daß hier das ganze Festland ihr Palast und ihr Bad das Meer ist. Dort kannst du sehen, wie ihre heiligen Vögel, die Tauben, von den Felsen auffliegen.

Eine nicht sehr alte Legende, na ja, nicht sehr alt nach meinen archäologischen Maßstäben, berichtet, daß Eros in diesen Quellen seine Pfeile mit dem süßen Gift der Liebe tränkt. Allen Vögeln, die keine süßen Liebeslieder zu singen wissen, ist der Zugang dort verwehrt. Und so traurig das ist, ich muß dir sagen, daß der Vogel des Alterns zuerst von hier, von der Quelle der Aphrodite, zurückgewiesen wurde.«

Unter angenehmen Gesprächen bei gutem Wein und schmackhaften Zuspeisen verflog die Zeit bis Mitternacht. Mein Freund schaute auf die Uhr und schlug sich an die Stirn:

»Das Programm ist noch lange nicht erfüllt, und die Zeit vergeht! Trinken wir noch unseren Kognak mit dem Kaffee, und dann ab zu unserer Stelle!«

Kurz darauf tranken wir duftenden Kognak mit starkem Kaffee, zu dem wohlschmeckende Rosinen serviert wurden. In gehobener Stimmung und leicht angesäuselt brachen wir zu unserem Felsen auf. Der Professor hatte die unvermeidliche Thermosflasche in weiser Voraussicht nicht mit dem üblichen Getränk, sondern mit Whisky gefüllt.

Ich brauchte ihn nicht aufzufordern.

»Du wartest darauf, daß ich die Fortsetzung der Geschichte und das Ende erzähle, was auch mir am Herzen liegt. Wie du weißt, hatte sie versprochen, es zu überdenken, und jeder denkt, wie und soviel er kann. Du wirst bestimmt nicht darauf kommen, mein Junge, was sie sich ausdachte und was mir in den nächsten Tagen im entsprechenden Ton verkündet wurde.

Großmütig schlug sie mir ewige und enge Freundschaft vor, als ob Freundschaft weniger Liebe, Zuneigung, Beistand, Treue, Mitgefühl und Teilnahme verlangte. In Andeutungen hatte sie auch vorher schon von einer solchen Lösung gesprochen, aber ich hatte es nicht beachtet.

Ganz allmählich muß mir ein Licht aufgegangen sein, denn ich bemerkte einen zeitlichen Zusammenhang in der Erneuerung dieser Vorschläge. Dazu kam es entweder, wenn ich wegen einer kurzen Dienstreise ins Ausland oder in die Provinz abwesend sein mußte, oder wenn sie aus irgendeinem Grund nicht in Sofia gewesen war. Mir wurde allmählich klar, daß das Spiel nicht zwischen uns beiden ausgetragen wurde, sondern unter aktiver Beteiligung eines Dritten.

Selbstverständlich hatte ich keine Ahnung, was da an der anderen Front vor sich ging, nichts zeigte mir an, ob drüben die eine oder andere Seite im selben Feuer verbrannte, das mich röstete, doch wurde mir klar, daß die Rückkehr zu mir im frühen Herbst dieses Jahres ein berechneter Schachzug gewesen war. Vielleicht mußte der andere unter Druck gesetzt werden, so wie ich in einem bestimmten Augenblick mit ihm unter Druck gesetzt worden war. Mit anderen Worten, bangen Herzens begann ich peu à peu aus den Augenwinkeln zu beobachten, was geschah, und das war, wie ich jetzt begreife, ein revolutionärer Sprung in dem ganzen Geschehen. Durch diesen Blick aus den Augenwinkeln floß Tropfen um Tropfen das vulkanische Magma ab, das sich in meiner Seele angestaut hatte, wodurch langsam, aber sicher die große Liebe, die ohne Ende zu sein schien, deren Ende jedenfalls für mich nicht sichtbar gewesen war, sich verflüchtigte.

In Augenblicken, die mir bislang fremd gewesen waren, ergriff mich hoffnungsloser Schmerz um dieses unglückselige Geschöpf und dieses unglückselige Bewußtsein, das mit Dingen spielte, über die es keine Gewalt hatte, weil sie zu groß waren, so daß sich am Ende alles gegen Maria kehren mußte, und zwar gerade, als sie es am wenigsten erwartete.

Ich hatte das unbezähmbare Verlangen, ihr zu Hilfe zu eilen, wußte jedoch, daß alles nutzlos war, daß ich alles noch mehr verwirren mußte, daß meine besten Absichten falsch ausgelegt werden würden und so weiter.

Eben da begann ich sie mir in Gesellschaft des anderen Mannes vorzustellen, von dem ich nur ein verschwommenes Bild hatte, ich malte mir ihre Zweisamkeit aus, ließ die Vorstellung von ihren Umarmungen, ihrem Bett an mich heran. Meine Schreckensvisionen machten mich toll, obwohl sie mich offensichtlich geheilt haben.

Trotzdem trafen wir uns weiter, redeten miteinander, machten Liebe, wie man das jetzt nennt, was ohne Liebe niemals dasselbe ist, zeigt doch allein der Ausdruck schon an, daß es seines Sinns beraubt ist. Wie lange es so weiterging, kann ich nicht genau sagen – unsere glückseligen Tage vergehen außerhalb der Zeit, die Zeit bleibt stehen. Die beklemmenden Tage erscheinen uns endlos lang. Einzig und allein der menschlichen Liebe ist es beschieden, mit grandiosen Erwartungen zu beginnen, durch derartige Qualen zu gehen und mit einer so endgültigen Katastrophe zu enden.

Innerlich hatte ich ihr schon alles von mir gegeben, ob gut oder schlecht, eben so, wie ich hier vor dir stehe, mehr war von mir nicht zu holen, ich hatte Menschen verraten, die meinem Herzen nahestanden, von denen ich glaubte, sie würden mich verstehen und mir verzeihen können, und darin habe ich mich nicht getäuscht. Doch ich sah, daß man auf der Gegenseite höchstens zu dem Entgegenkommen bereit war, sich lieben zu lassen. Und das galt als der Gipfel der Liebe.

Eines Tages fuhr sie unter einem Vorwand in ihre – wie sie sagte – Heimatstadt, wo sie noch viele Angehörige hatte. Zu dieser Zeit arbeitete ich wild, hysterisch, und in solchen Fällen ist das Resultat nicht immer von guter Qualität. Wie stets wartete ich voller Ungeduld auf sie, doch sie blieb länger, als sie gesagt hatte. Endlich kam sie wieder und rief mich an. Neben allem anderen war ich begierig, ihr einen soeben vollendeten Abschnitt aus der Arbeit über ein Forschungsvorhaben vorzulesen, das sie lebhaft interessierte, ich glaubte, auf etwas Außerordentliches gestoßen zu sein.

Wenn ich dir einen Rat geben darf, mein Junge, beziehe die Frauen, die du liebst, nicht in die Filme, die du machst, ein. Du hast Wunden zu befürchten, die sie dir – vielleicht nicht in böser Absicht, sondern nur so, ungewollt – zufügen werden. Ich hatte die idiotische Angewohnheit, selbst wenn ich etwas schrieb, mir den hingerissenen Blick der Geliebten beim Zuhören vorzustellen, und habe dafür büßen müssen. Vergegenwärtige dir den Schmerz nur einer tiefen Verletzung dieser Art, und es wird ausreichen, für dein weiteres Leben auf den angenehmen Kitzel der Eigenliebe zu verzichten. Dabei hatte sie womöglich recht. Die Arbeit war nicht sorgfältig gemacht. Doch wir wollen nicht kritische, sondern entzückte Verehrer in unseren Geliebten haben. Das ist unlogisch, dumm, aber wahr. Ein unergründliches Geheimnis! Was hilft's!

Wir trafen uns, gingen in eins unserer Lieblingslokale, aßen, tranken, bis es Zeit zum Gehen war, und befanden uns gleich darauf in unserem Zimmer. Ich wollte den Überdruß, der mir sogar demonstriert wurde, einfach nicht wahrhaben. Mehr als einmal hat mir meine Selbstliebe böse Streiche gespielt, auch die ihr nur mit Mühe abgenötigte Zustimmung, in unser Zimmer zu gehen, wollte ich nicht bemerken. Mein Verlangen war so stark und groß, daß ich meinte, es risse alles mit sich fort.

Als wir dort waren, stellte ich zwei Gläser hin, schenkte ein und begann, den erwähnten Abschnitt vorzulesen, die große Entdeckung in der Archäologie. Er war nicht lang. Die ganz beiläufig und obendrein in dem offenkundigen Wunsch, das Gespräch möglichst schnell zu beenden, geäußerten Einwürfe und Einwände waren für mich eine kalte Dusche. Ich geriet in Feuer und ließ mich zu einer ganzen Tirade hinreißen, und zwar nicht zur Sache, sondern über nicht mehr und nicht weniger als die Liebe, genauer über das Verhältnis, das der Geliebte oder die Geliebte zu allem, was der andere macht, auch dem Mißlungenen und so weiter und so weiter, haben muß.

Als ich nach einer Weile der Geliebten in die Augen sah, entdeckte ich dieses Mal nicht einfach Eis und Finsternis, sondern geradezu Haß und unverhohlenen Abscheu, eine Abwehr, wie ich sie bisher nicht kannte. Wahrscheinlich ziehen Igel so die Haut zusammen und werden zu einer stachligen, abweisenden Kugel, die bereit ist, sich gegen eine drohende Gefahr zu verteidigen.

Diese Entdeckung kam so unerwartet, sie traf mich so unvorbereitet, daß auch ich, anstatt wie gewöhnlich mit verlogener Besänftigung zu entgegnen, die mir wider besseres Wissen stets gelang, böse wurde, mich zusammenrollte und die Stacheln aufrichtete. Ich will mich nicht in Einzelheiten verlieren, die nun folgende Auseinandersetzung nicht in allen ihren gemeinen Tonarten wiedergeben, ich will nur andeuten, daß ich viel von dem aussprach, was sich in mir angesammelt hatte. Ihre kaltblütige, wohldosierte und dennoch grausame und methodische Verteidigung raubte mir fast den Verstand. Und ich muß ziemlich weit gegangen sein, denn nach einer Weile hörte ich sie sagen:

›Und wenn du's genau wissen willst, ich war in diesen Tagen nicht zu Hause, sondern … anderswo.‹ Und sie nannte die Stadt, wohl wissend, daß mir die vorübergehende Anwesenheit des andern an diesem Ort bekannt war.

Es war mit einer Unverschämtheit ohnegleichen gesagt, die Ohrfeige saß mitten im Gesicht, und ich verlor die Beherrschung. Ich packte sie am Arm, stieß sie aus dem Zimmer, schloß hastig ab; immerhin brachte ich sie wenigstens noch nach Hause, es war ja schon nach Mitternacht.

Im Auto erhob ich ein Geschrei, soweit meine Stimme reichte, wie Bileams Eselin, sprach schreckliche Beschimpfungen aus, denn mein Herz floß über vor Liebe und Mitleid mit ihr und mir. Als wir uns ihrer Wohnung näherten, schrie ich schon außer mir, daß ich sie nie und nirgendwo, auch nicht zufällig mehr sehen oder treffen wollte, sie sollte aufpassen, daß sie mir nicht irgendwo über den Weg liefe, und andere Liebenswürdigkeiten dieser Art. Sie schwieg böse, feindselig und warf mir von Zeit zu Zeit einen Blick zu, als sehe sie mich zum erstenmal. Sowie ich hielt, riß sie die Tür auf, schmiß sie krachend hinter sich zu und lief davon. Das war das Ende.

Es folgten lange Monate, in denen ich sie – ob sie sich versteckte, weiß ich nicht – tatsächlich nirgends traf. Doch die heimliche Hoffnung, daß sie anrief, mich aufsuchte, sich entschuldigte oder ihr Bedauern aussprach, daß wir uns zufällig doch begegneten, verließ mich nicht, wieder strich ich um die Telefone herum, um die gewohnten Orte, wo ich sie antreffen konnte, suchte die Lokale mit vorbereiteter Miene auf, falls ich die beiden irgendwo erblicken sollte und so weiter. Vergebens, die Zeit verstrich, und sie heilt auch die schlimmsten Wunden. Ein Freund von mir, der sah, was mit mir geschah, sagte im Scherz zu mir: Eine unglückliche Liebe wird durch eine andere, weniger unglückliche geheilt.

Ich könnte ein gewaltiges Traktat darüber schreiben, wie in meinem Bewußtsein nach und nach, Teilchen für Teilchen, die Skulptur meiner Phantasie zerfiel, wie vereinzelte oder ganze Serien schöner Einzelteilchen dieser Schöpfung in den Schmutz fielen, in den Abort des Lebens, klägliche Trümmer des einst vollkommenen und wunderbaren Idols; wie allmählich aus der Liebe ihr Gegenteil entstand, welche Phasen das alles durchlief, wie unsere klägliche und gallebittere Erkenntnis sich an die Stelle der Glückseligkeit von Körper und Seele schob.

Ich denke, das ist kein uninteressantes Thema, doch ich muß dir sagen, so, wie ich es durchlebte, habe ich es nirgends beschrieben gefunden. Nicht wir Archäologen sind zu beneiden, sondern die Schriftsteller – ihr Feld ist unermeßlich und unerschöpflich wie die menschliche Seele und mit so vielen Milliarden Fällen besiedelt, wie diese sündige Erde Menschen zählt.

In der Zeit meiner Selbstheilung, an der mit brüderlicher Liebe nur jener Freund beteiligt war, vor dem ich geweint hatte, gingen mir viele Gedanken, viele Bücher durch den Kopf. Damals hat das Pygmalionthema mein eigentliches Interesse erregt, immer wieder drängte sich meinem Bewußtsein die Vision von der Nacht ohne Himmel auf.

Der im Vergleich zu Molière oberflächlichere Ire Bernard Shaw hat ein ganzes Stück ›Pygmalion‹ geschrieben, das er einen ›Roman in fünf Akten‹ genannt hat. Was weiß ich, vielleicht muß man die Oberflächlichen ein wenig oberflächlicher betrachten, aber Shaw nähert sich der Wahrheit erst dann, wenn sein Higgins der im Schnellverfahren aus einem Straßenmädchen geschaffenen Herzogin zuruft: ›Krallen runter! Katze!‹

Großartig ist bei Shaw die eine genaue Kenntnis der Umstände verratende Entwicklung von Eliza; nachdem sie aus ihrem Milieu gerissen und in andere Sphären verpflanzt, nachdem das vulgäre Material durchgeknetet und in eine schöne Form gebracht worden ist, fühlt sie sich eigentlich unglücklicher – der Weg zurück ist ihr versperrt, denn sie hat schon von anderem gekostet, und nach vorn führt er nicht. Wenngleich im Scherz, hat Shaw doch den lächerlichen und zugleich traurigen Stolz seines Pygmalion gut angedeutet, als der sich anschickt, sein Produkt mindestens einem Prinzen zu geben, und sie als regierende Königin sieht: ›Ich werde es nicht zulassen, daß mein Meisterwerk irgend so einem Freddy zufällt!‹ schreit er. Aber sein Schreien ist umsonst. Euripides ist weiser, du erinnerst dich doch seiner Finales: ›Was der Mensch voraussieht, erfüllet sich nicht.‹

Bei der Suche nach einem heilenden Balsam gegen die

Liebe war ich ebensowenig draufgängerisch und rücksichtslos wie in der Liebe selbst. Nicht weise, das heißt erster Güte, sondern nur rational und schlau, das heißt kurzlebig und flach, waren der Trost, den ich empfand, und die Rache, die mich erfüllte, als ich, wie mir jetzt scheint, ganz willkürlich Vergleiche anstellte, und es lagerten sich Gifte in meiner Seele ab, die sie zu töten drohten.

Ich werde nicht das neue Vergnügen vergessen, das mir die abermalige Lektüre einiger Stellen aus dem ›Ulysses‹ von Joyce bereitet hat, jene etwas platte Verkörperung des passiven und irrationalen ›ewig Weiblichen‹, genannt Mrs. Molly, und ihr ewiges Ja zu allem, womit, nebenbei bemerkt, auch der gewaltige Roman endet. Bloom befreit sich über das Gehirn mit einem ungeheuerlichen Trick des Bewußtseins von den Treulosigkeiten seiner Frau, von seinen Alpträumen, und findet sich ab, als er reif für den Gedanken geworden ist, daß nicht nur er, der Mann und Ehemann, sondern auch der nächste und übernächste Liebhaber Mollys einfach rituelle Opfer für eine und dieselbe Gottheit sind.

Oder nehmen wir die allzu moderne Geschichte der ›Liebe‹ zwischen Clawdia Chauchat und Hans Castorp während der Fastnacht im ›Zauberberg‹. Wie du weißt, verschwindet Clawdia schon am Tag darauf, um nach einiger Zeit mit ihrem neuen Liebhaber wiederzukommen, dem holländischen Millionär Peeperkorn. Das ist sie, die moderne Parodie auf die antike ›heilige Vermählung‹ im Verlauf und für die Zeit des Fruchtbarkeitsfestes, und wie Thomas Mann hier den ritterlichen, rituellen Zweikampf durch ein Spiel mit Worten, mit Großmut und Liebenswürdigkeit ersetzt, das an die Stelle des blutigen Handgemenges um die Dame des Herzens tritt!

Seitdem ist viel Zeit vergangen, es sind Jahre vergangen«, fuhr der Professor nach einer bedeutungsvollen

Pause fort, »und von ein paar ganz zufälligen oder durch die Arbeit bedingten Begegnungen abgesehen, kann ich sagen, daß wir einander aus den Augen und aus den Seelen verloren haben. Bald nach der Trennung heiratete sie, nicht den anderen, sondern irgendeinen Dritten oder Vierten, es interessierte mich nicht mehr, und ich weiß es nicht. Jetzt ist sie geschieden, eine nicht mehr ganz junge Frau, wenn sie auch noch nicht alt ist, hat Kinder, genießt in ihrem Fach einen guten Ruf, obwohl viel mehr von ihr zu erwarten war. Ihr Name bewegt sich irgendwo im Mittelfeld unseres Fachgebiets, ein bißchen darüber oder darunter, um nicht zu sagen – er verliert sich im Zahllosen.

Als ich kurz vor meiner Abreise durch die Geschäfte lief, sah ich sie nach so vielen Jahren zufällig in der Menge im Zentrum der Stadt. Sie erblickte mich auch, grüßte mich mit dem Lächeln ihrer Jugend, wir kamen ins Gespräch. Am Schluß der Unterhaltung, bei der wir beide bestrebt waren, uns natürlich zu geben, sagte sie zum erstenmal seit unseren glücklichen Tagen: ›Wenn du nichts dagegen hast, könnten wir uns doch mal sehen.‹ Ich hatte natürlich nichts dagegen, kann aber nicht behaupten, daß ich vor Verlangen brannte. Doch wäre es denkbar, daß der Mensch, der uns ganz ausgefüllt hat, ohne jede Spur aus uns verschwindet? An den beiden folgenden Abenden hatte ich wirklich unaufschiebbare Verpflichtungen, ich schlug den dritten vor, vielleicht dachte sie, ich machte mich wichtig, wollte ihr zeigen, daß ich es nicht so eilig hatte wie ehedem, daß ich den Unterschied betonen wollte, denn seinerzeit gab es keine Verpflichtung, die ich ihretwegen nicht hätte verschieben können. Doch ihren scharf beobachtenden Augen dürfte kaum entgangen sein, daß mein Verhalten jetzt einfach dem zwischen guten Kollegen und Bekannten entsprach. Das scheint sie stärker beeindruckt zu haben als mein Geschrei am letzten Abend.

Wir verbrachten ein paar sehr traurige Stunden an einem der Orte unserer ehemaligen Begegnungen, es war, als hätten wir uns auf dem Friedhof zusammengefunden, wo der schönste und beste Teil von uns begraben lag. Wir erzählten einander, was wir machten, was aus unseren Angehörigen, den gemeinsamen Freunden geworden war, lachten ein bißchen über die neuen Strömungen und Namen in unserem Fachgebiet, doch es war, als sei nicht von uns die Rede, sondern von etwas, das außerhalb von uns war und uns nur oberflächlich berührte, ohne uns zu bewegen. Wir hüteten uns wohl, unserer Geschichte auch nur von fern zu nahen, und taten, als sei hier alles sonnenklar.

Und weißt du, mein Junge, da ich unbeschwert war und das Gespräch mich nur halb in Anspruch nahm, erkannte ich auf einmal an ihren Augen und Händen, an der Stimme und an den neuen Falten, an Worten und Gesten, daß sie auf unserem Friedhof weinte und wohl noch bitterer und untröstlicher weinte als ich! Plötzlich begriff ich«, seine Stimme gewann an Lautstärke, »daß, so schrecklich das Ganze sein mochte, nicht alles vergebens gewesen war und man nicht sagen konnte, daß gar nichts zurückgeblieben wäre, denn die Liebe hatte auch mit der Katastrophe das Ihre getan: vor mir stand ein geretteter Schiffbrüchiger, ein leidender und verstehender, ein menschlicher Mensch, eine Mutter, die wußte, was sie ihren Kindern vom Wert der Dinge im Leben zu sagen hatte.

Es ist anzunehmen, daß sie für mich und meine Geschichten eine zufällige Frau war, dasselbe hätte mir auch mit einer anderen passieren können, doch für sie kann das Geschehene, kann ich kein Zufall gewesen sein! Als ich an diesem Abend allein geblieben war, empfand ich wie Pygmalion am Tisch vor der beschlagenen Kanne mit Wein und dem Plattfisch. Ich begann die Liebe zu lieben. Und nahm mir fest vor, mich hier, auf

Zypern, mit der wirklichen Geschichte des *Vaters des Gottes* zu befassen.«

Offenbar hatte ihn eine ungewöhnliche Erregung gepackt, er stand auf, lief hin und her, blieb dann vor mir stehen und rief laut in die finstere Nacht:

»Nein, Dostojewski hat nicht recht! Nicht die Schönheit, die Liebe wird die Welt erretten! Sie muß größer sein als die Schönheit, wenn sie größer als Glaube und Hoffnung ist. Sie gebiert und formt die Schönheit selbst, und es kann nicht sein, daß sie nicht auch mehr Liebe gebiert. Die Schönheit hat nicht diesen gemeinen, unersättlichen, alles verschlingenden Schoß zum Gebären; die Schönheit ist ein geschlechtsloser Engel, sie kennt nicht die unerträgliche Qual der Zweiteilung bei der Schöpfung, nicht das untröstliche Weinen, das von dieser Hölle kommt; dieser Engel ist selbst eine Frucht der Liebesleiden, er wurde geschickt, um uns zu beruhigen, daß es auch Harmonie, Frieden und Trost gibt. Sieh dir nur an, was mit Nietzsche passierte, als er die Liebe und die Barmherzigkeit an die Schwachen verriet, was aus dem Übermenschen wurde – er verlor den Verstand!

Mein Leiden« – er schrie noch lauter, aber nun dem Meer zugewandt – »ist das erste unheroische Leiden in meinem Land, das Anerkennung finden wird, das man auf die Waagschale legen wird, wenn das Jüngste Gericht anhebt, denn es war groß! ...«

Er tat einen Schritt, und ich sah, daß er betrunken war, voll wie eine Haubitze. Ich ging zu ihm und nahm ihn bei den Armen. Er fügte sich ohne Gegenwehr. Behutsam setzte ich ihn auf den Stein und packte ein. Sein Kopf hing herab, als schliefe er. Wir konnten nicht losfahren, in diesem Zustand war er nicht in der Lage, ein Auto zu lenken. Wir saßen schweigend da und warteten.

Die Morgendämmerung begann. In diesen Gegenden wird es rasch hell, wie es auch im Nu finster wird. Zum erstenmal sah ich das Heraufsteigen der Morgenröte des Südens. Zuerst kamen die Fledermäuse geflogen, das Wäldchen wurde zum Bananenhain. Danach erschien der sonderbare bleigraue Abglanz an den niedrigen Olivenbäumen, feiner Zimtduft schwebte durch die Luft. Hinter mir warfen die Hügel einer nach dem andern lange Schatten in Richtung des Meeres und kündigten so das Erscheinen der Sonne an. Das Meer nahm eine violette hyazinthene Tönung an.

Der Alte schlief. Bald aber wachte er auf, und wir fuhren schweigend los.

Letzter Abend. Der schwarze Storch

Ein paar Tage lang konnten wir uns nicht sehen, unsere Arbeit näherte sich dem Ende, zum Schluß ging es wie stets hektischer zu, ich konnte mich nicht frei machen und stellte auch meine Spaziergänge ein. Als der Tag der Abreise feststand, suchte ich den Alten in seinem Hotel auf. Ich erschien dort um die Mittagszeit, aber er war nicht da. Als die Leute hörten, wen ich suchte, waren sie sehr liebenswürdig, ich erfuhr, daß er hier schon lange Zeit das beste Appartement innehatte, aus allem ging hervor, daß sie schon auf vertrautem Fuß mit ihm standen. Man versprach mir, ihm gleich bei seiner Rückkehr die Nachricht zu übergeben, die ich niederschrieb und in der ich ihm mitteilte, daß wir abreisten und daß ich am Abend zu unserer Stelle kommen würde. Für den Fall, daß er nicht zurückkäme, versprach man mir, ihm die Nachricht zum Objekt zu bringen.

Am Abend stellte ich fest, daß der Auftrag akkurat ausgeführt worden war. Man hatte den Professor auf dem Objekt ausfindig gemacht. Aber er sagte mir, daß er schon ganz und gar Jowkows Kalmücken[1] gleiche und ich ihn hier ohne jede Benachrichtigung gefunden hätte.

Diesen Abend habe ich besonders gut im Gedächtnis behalten, und ich weiß nicht, ob es so ist, weil es der letzte und außerdem ein ungewöhnlich blauer Abend war, oder weil ich eine unwahrscheinliche Geschichte zu hören bekam, die ich am allerwenigsten erwartet hatte und die gewissermaßen ohne Zusammenhang mit allem war, worüber wir bisher gesprochen hatten, oder in einem nur ihm bewußten Zusammenhang damit stand, dessen Kenntnis er aber ins Grab mitgenommen hat.

Der Alte war ungewöhnlich traurig, ja irgendwie apathisch, in sich selbst versunken. Im übrigen aber schmeichelte er höchst angenehm meiner Eigenliebe, als er sagte, daß er, obwohl er die Jungen schon längst nicht mehr beneide, mich aber heimlich doch beneide, da er sehe, daß ich von jetzt an über die Wunder des Lebens staunen würde; außerdem sagte er, daß er den Verlust der guten Gesellschaft und seines geduldigen Zuhörers aufrichtig bedauere; daß er, wenn auch nur die geringste Möglichkeit bestünde, am nächsten Tag mit mir eiligst nach Bulgarien zurückkehren würde. Entsetzlich lang erscheine ihm die verbleibende Zeit – mehr als drei Monate – und dies vor allem, da er seine Arbeiten in ihren Grundzügen abgeschlossen habe.

»Entschuldige«, fuhr er fort, nachdem er längere Zeit den Himmel betrachtet hatte, »aber ich bin heute abend nicht in Stimmung, mir ist nicht danach zumute, in unseren eitlen menschlichen Erlebnissen und Geschichten herumzuwühlen, obwohl ich, wie du selbst siehst, der festen Überzeugung bin, daß darin Perlen und Meisterwerke entstehen und heranreifen, die nachher von allen

---

[1] Literarische Figur des bulgarischen Schriftstellers Jordan Jowkow (1881–1937). Der Kalmücke verbringt sein ganzes Leben an ein und demselben Ort unter ständigem Dösen.

bewundert werden. Es ist unerläßlich, daß der Mensch öfter auf den bestirnten Himmel über ihm und das moralische Gesetz in ihm schaut, damit er von jener Furcht, jenem Beben, Staunen und Entzücken erfüllt wird, von denen Kant erfüllt war.

Vielleicht ist meine Sehnsucht nach den Orten, an denen du schon in zwei Tagen weilen wirst, übertrieben. In letzter Zeit ertappe ich mich immer öfter dabei, daß ich mit meinen Gedanken dort bin, und entdecke viele gewöhnliche Dinge ganz neu. Weiß denn irgend jemand, was für Träume Jowkows Kalmücke in seinem Halbschlaf träumt; denk nur daran, wie schön und verträumt all die Themen und Gestalten dieses Gebirglers sind, der die schönsten Wunderträume der Dobrudscha-Ebene gesehen hat. Und andererseits erzählt dann der Schope[1] Elin Pelin[2] seinen Zeitgenossen die grausamsten Wahrheiten und Geschichten unseres Landes – der finstere, wütende Nane Stoitschko[3] vernichtet seiner schmierigen Mütze wegen die herrlichen Weiden, die Freude des Dorfes, der Kinder, seiner Frau, und verjagt das Symbol des Frühlings und der Fruchtbarkeit, die fröhlichen Störche!

Heute abend will ich dir eine phantastische und unwahrscheinliche wie wirklichkeitsgetreue Anti-Nane-Stoitschko-Geschichte erzählen. Aus der Ferne sehe ich deutlicher – das Alter ist weitsichtig –, daß unser Volk niemals nur aus Nane-Stoitschkos bestanden hat, es kennt die aufbauende Kraft der Liebe, die Natur selbst raunt ihm Weisheit und Geheimnis zu, es ist imstande, der Axt, die die prächtigen Weiden der Vergangenheit und ihre Frühlingsgäste bedroht, Einhalt zu gebieten. Das Wunder, von dem ich dir erzählen will, läßt sich

---

1 Bauer aus der Umgebung von Sofia. – 2 Elin Pelin (1877–1949).
3 Eine Gestalt Elin Pelins; hat auf seinem Hof eine prächtige Weide, auf der ein Storchenpaar nistet. Als der Storch die Mütze des Bauern in sein Nest entführt, fällt dieser wutentbrannt den Baum.

nicht erklären, du brauchst mich also gar nicht erst auszufragen. Aber du kannst feststellen, daß es wahr ist, wenn du dir die Mühe machst, in mein Dorf zu fahren, sobald du nach Hause kommst; denn dort wirst du sehen, daß der schwarze Storch auf dem Schornstein hockt.«

Und er begann seine letzte Geschichte mit gleichmäßiger, monotoner Stimme, fast ohne Hervorhebungen, als sage er ein altes Poem, eine Legende aus alten Zeiten auswendig her, nur sein eigenes Staunen wuchs mit jedem Wort. Ich fand die Geschichte in dem mir hinterlassenen Heft, ganz abgesondert von der Geschichte Pygmalions, auf den letzten Seiten. Ich will sie wiedergeben, wie ich sie dort gefunden habe.

Gestern habe ich bei Paphos am Ufer des Mittelmeers den schwarzen Storch meiner Kindheit und meines Dorfes gesehen. Er stelzte gewichtig und feierlich daher, blieb lange vor mir stehen, unschlüssig, ob er kommen sollte, um mir einen Sohn zu bringen, wie er mir seinerzeit ein Brüderchen gebracht hatte, oder ob er mir Neuigkeiten von zu Hause erzählen und mit mir in der Fremde der Heimat nachtrauern sollte. Er überlegte eine Weile und ging dann langsam weiter, blieb jedoch bald von neuem stehen, als wollte er umkehren. Er flog zum Melonenfeld hinter dem Hügel. Ich erkannte ihn, er war es – schon ebenso alt wie ich, seine Kräfte reichten nicht mehr, mit dem Zug nach Ägypten zu fliegen, und deswegen war er hiergeblieben, um daran zu erinnern, daß unsere Tage wohl ein Ende haben, nicht aber die Wunder der Welt.

Jeden Frühling und Sommer hauste er im Hof des alten Gospodin und nistete auf einer mächtigen alten Pappel am Dorfplatz, wo man den Reigen tanzte. Als der Beschluß gefaßt wurde, ein öffentliches Bad einzurichten, fiel die Wahl gerade auf diesen Platz, die Pappel wurde gefällt und an ihrer Statt ein hoher Schornstein errichtet. Der alte Gospodin und seine Nachbarn und nach und nach auch das ganze Dorf machten sich Sorgen darüber, daß der Storch bei seiner Rückkehr das Nest nicht vorfinden und das Dorf verlassen würde. Auf den Bänken vor den Häusern begann man sich abends Gedanken zu machen, was da zu tun sei.

Das Bad war noch nicht in Betrieb, und es wurde die ganzen vier Jahre nach seinem Bau nicht in Betrieb genommen. Das erste Frühjahr näherte sich, die Sorge erfaßte auch die Kinder, sie fragten ihre Väter und Mütter, was der Storch machen werde, wenn er käme und sein Nest nicht vorfände. Am Ende wurde beschlossen, das von dem alten Gospodin vorsorglich aufbewahrte Nest auf die Schornsteinöffnung zu legen.

Zuerst kam das Männchen geflogen, es zog ein paar Kreise über dem Dorf, das andächtig hinaufstarrte, und ging ohne Zögern in seinem alten, wenn auch an ungewohnter Stelle vorgefundenen Nest nieder. Noch am gleichen Tag begann er es herzurichten, neue Zweiglein herbeizutragen, sich eine warme Heimstatt zurechtzumachen. Nach ein paar Tagen konnte man schon das leidenschaftliche Klappern seines langen Schnabels vernehmen, den wie süße Qual berauschenden Lockruf des Frühlings.

Auch die Weibchen trafen ein, der Storch stelzte aufgeblasen und gewichtig um sie herum, beobachtete mit unverhohlenem Genuß ihre grausamen Kämpfe. Er wußte, daß sie um ihn kämpften, es war ein Streit darum, wer bei ihm bleiben durfte und wer weiterfliegen mußte, um in einem anderen Nest eine Schwächere zu finden.

Das Duell der Weibchen um das Leben auf der Schornsteinspitze dauerte ganze Tage, der Storch hatte es nicht eilig. Schließlich blieb eines der Weibchen bei ihm, und nachdem das andere weggeflogen war, begann vor den Augen des ganzen Dorfes das Liebesspiel. Männchen und Weibchen wurden es nicht satt, einander zu betrachten und zu liebkosen, leidenschaftlich verschlangen sie die langen dünnen Hälse miteinander, drückten sich aneinander, klapperten immer lauter mit den Schnäbeln, und gegen Abend sah es von unten und von weitem aus, als wäre es nur ein einziger Storch.

In diesem Frühlingstaumel legte das Weibchen, umkost und umsorgt, seine drei bis fünf Eier, und einem unergründlichen Gesetz zufolge war die Zahl immer ungerade. Es folgten Tage voller Fürsorge und Arbeit, die Störche wurden seriös und solide, sie brüteten.

Meistens saß das Weibchen auf den Eiern, und das Männchen brachte Futter herbei, das es seiner Gefährtin liebevoll und geschickt übergab. Die Jungen schlüpften aus, und durch ein anderes, ihnen eingepflanztes Gesetz – das ebenso unerklärlich war, wie es unerklärlich blieb, daß die Störche immer wieder mein Dorf fanden – mußte es stets eine gerade Zahl von Jungen werden. Immer an ein und demselben, genau festgelegten Tag, zu ein und derselben Stunde, brachten die Störche eines der Jungen um, als ob sie an einem nur ihnen bekannten Feiertag ihrem Gott ein Opfer darbrächten.

Während des Brütens verließ auch das Weibchen zuweilen das Nest, das Männchen löste es ab. Unser Storch geriet in manchen Jahren an ein offenbar ungesundes oder sittenloses Weibchen, das seine Abwesenheit benutzte, um heimlich das Nest zu verlassen. In solchen Fällen stiegen die Bauern in mehreren Jahren zum Nest hinauf und legten ein Entenei hinein. Die Störche beachteten das fremde Ei nicht, doch sobald das Entchen ausschlüpfte, wurde es immer getötet und hinausgeworfen. Danach folgten gewaltige und erbarmungslose Schläge, die das Männchen zur Belustigung des ganzen Dorfes dem Weibchen versetzte.

Bis zum Herbst waren die Jungen selbständig und

kräftig genug für den langen Flug in die warmen Länder. Vor unseren staunenden Kinderblicken führten die Alten, während sie ganz niedrig über dem Nest kreisten, ihren Jungen ausdauernd und methodisch vor, wie man fliegt, bis diese es auch gelernt hatten. Man sah, von welcher Angst die Jungen ergriffen wurden, wenn sie darauf warteten, von dem hohen Schornstein hinuntergeworfen zu werden.

Das Weibchen und die Jungen flogen gleich mit den ersten Schwärmen nach Süden. Einsam und unzugänglich blieb der Storch allein, um von den Mühen des Sommers, dem Weibchen und den Kindern auszuruhen. Er vertiefte sich in Betrachtungen, bis auch er sich schließlich auf den weiten Weg machte. Der Winter stand vor der Tür.

Im nächsten Frühjahr ging das Leben auf der Öffnung des Schornsteins weiter wie im vorigen und vorvorigen Frühjahr, so wie es immer war. Doch auf einmal wurden die ungelösten Probleme im Zusammenhang mit dem Bad geklärt, und vier Jahre nach seiner Vollendung wurde es in Betrieb genommen. Der Schornstein begann, wenn auch nicht regelmäßig, mindestens zweimal in der Woche dichten Rauch von verbranntem Heizöl auszustoßen.

Anfangs waren die Störche noch nicht da. Abermals bemächtigte sich Sorge des ganzen Dorfes, der Frauen, der Kinder, insbesondere der Nachbarn, die an die Vögel gewöhnt waren und ungeduldig auf ihre Rückkehr warteten. Dieses Mal dauerten die Erörterungen nicht lange. Der behende Enkel des alten Gospodin, der lustige, geschickte Wassil, baute ein Gerüst, brachte unweit von der Spitze des Schornsteins Winkeleisen an, die er einzementierte, er befestigte eine stabile Stütze und verlegte das Nest dorthin. Es war nur noch nötig, daß der alte, solide Storch das Nest annahm.

Er kam wie stets als erster, zeigte dieses Mal aber gar

keine Eile, sich in dem verlegten Nest niederzulassen. Der Rauch, sein langer Schatten und sein beißender Geruch erschreckten ihn. Drei Tage lang kreiste er angesichts der willkommenheißenden Blicke der Vorübergehenden umher, kreiste und staunte über die Neuerung, flog verzweifelt unmittelbar an das Nest heran, wich aber plötzlich zurück und flog von neuem einen Kreis.

Ich weiß nicht, was ihn schließlich umstimmte, aber am vierten Tag ging er im Nest nieder und blieb lange nachdenklich stehen. Die Kinder begrüßten ihn von unten mit einem begeisterten ›Hurra!‹, er sah sie herablassend an, doch schließlich setzte er sich, zum Zeichen, daß er sich in der erneuerten Heimstatt einrichten wollte.

Von da an tat der Storch, als beachte er den schwarzen Qualm nicht, der unmittelbar neben ihm aufstieg und ihn bei Wind manchmal ganz einhüllte, so daß er unseren Blicken entschwand. Auch die Weibchen kamen abermals zurück, staunten ein bißchen über die Veränderung, akzeptierten jedoch sofort die Entscheidung des Männchens, und das Leben begann wieder wie im vorigen Jahr, im vorvorigen, wie stets.

Der Storch tat, als gewahre er den Qualm nicht, doch der Qualm konnte nicht so tun, als gewahre er nicht den Storch, ihm war es bestimmt, Spuren zu hinterlassen. Im Verlauf eines einzigen Frühlings und Sommers verwandelte sich das Aussehen der Störche, bis zum Herbst wurden sie pechschwarz und nahmen sich unter ihren Artgenossen in den Wiesen und Sümpfen seltsam exotisch aus. Wo wir sie auch antrafen, wir erkannten überall unsere Störche, die völlig schwarz waren im Unterschied zu der Gattung der Schwarzstörche, die auf der Unterseite weiße Flecke aufweist.

Nur das Männchen gehörte uns ganz, denn die Weibchen und die Jungen kamen und gingen, jedes Jahr waren es andere, und die alten gewannen ihr Weiß wahrscheinlich andernorts zurück, unter den Liebkosungen von Störchen, deren Nester nicht auf einer Esse saßen, sondern, wie es von jeher gewesen war, auf einem Baum oder auf dem Schornstein eines Hauses.

Unser Storch war einmalig, das ganze Dorf hielt bedingungslos zu ihm und übertrug auf ihn seine ganze Liebe zu den Frühlingsgästen; er war ja gezeichnet, so daß man seine unwandelbare Verbundenheit mit dem Dorf und mit uns deutlich erkennen konnte. Die anderen kamen und gingen, weder bei den Weibchen noch bei den Jungen konnte man Beständigkeit und unwandelbare Zuneigung beobachten, er hingegen flog davon und kehrte unweigerlich an denselben Ort zurück, wenn auch in verschiedene Nester. Niemals verhalf ihm der Aufenthalt im Süden dazu, daß er wieder ganz weiß wurde und sein früheres Aussehen zurückgewann. Im Frühjahr kam er einfach graugetönt herbei und wurde bis zum Herbst wieder mohrenschwarz.

Wie jedes Jahr verstummten auch in diesem Herbst die Frösche, wie immer in dem fruchtbaren und behaglichen Talkessel des Dorfes, im Sumpf von Suwar, und die Schlangen verkrochen sich. Der schwarze Storch schickte seine letzten Angehörigen mit allen guten Wünschen über Wälder und Meere zu einem ihm gleichfalls bekannten Ort in fernen Ländern. Nachdenklich blieb er auf der Spitze des Schornsteins stehen. Die wohlige Wärme, die aus dem Bade kam, durchströmte seinen ganzen Körper, der leichte Wind trug den Rauch in die andere Richtung. So still stand er einige Tage lang, und nur ab und zu stieg er in sein Nest und nahm etwas von den angehäuften Nahrungsvorräten zu sich.

Nach ein paar Tagen spürte er den wohlbekannten Ruf im Blut, blickte sich um, wurde ungeduldig und stand dann da, als zähle er einen nach dem andern, die Menschen im Ort, als überlege er, wie viele im Laufe des Jahres verschwunden seien, und als recke er den Kopf empor, um ihre Seelen einzufangen. Eines Abends zog er über dem Dorf drei Kreise, stieg hoch hinauf und machte sich auf seinen weiten Weg.

Er flog hoch, ganz leicht, gleichmäßig und erfahren. Wie jedes Jahr, wie immer, erreichte er am elften Tag seine letzten Artgenossen und schloß sich ihrem Zuge an. Mit einem einzigen Blick erkannte er an der Stellung der Sterne, wo sie sich befanden, nicht der Himmel war ihm bekannt, sondern der Himmel über meinem Dorf, der Himmel über Thrakien, der Himmel über Edirne, über Istanbul, über Izmir, über Rhodos und Zypern. Jeder Ort hatte für ihn seinen Himmel, seine Sonne, seinen Mond und seine unwiederholbare Sternkonstellation. Ohne die Namen zu kennen, erfaßte er den Geist der Orte, die er überflog, sein Weg war richtig und absolut derselbe wie jedes Jahr, wie immer. Seine Augen sahen die Stellung der Sterne, seine Flügel und sein Rücken spürten das Licht des Himmels, die gestreckten Beine und sein Bauch tasteten die bekannten und sich allaugenblicklich ändernden Ausdünstungen der Erde und der Gegenden ab, die er überflog.

Zuerst spürte der schwarze Storch mit der Oberseite seiner Flügel die Lichter des Himmels von Zypern, des Ufers von Paphos, wenn er auch ihre Namen nicht kannte. Er wandte den Blick nach den Sternen, vergewisserte sich der Wahrnehmung, der genauen Richtung des Zuges. Nur daß jetzt von unten, von den Beinen und vom Herzen her etwas Unerwartetes zu ihm drang, etwas Liebes und Vertrautes, das er in seinem Nest auf dem Schornstein zurückgelassen hatte. Er ließ den Vogelzug vorübergleiten und zog ein paar Kreise um die Quellen der Aphrodite und die Fledermäuse in dem Bananenhain, und bevor er mich sah, spürte er schon meine Gegenwart, den bitteren, nicht hierher gehörigen Duft, den ich in dieser Gegend verbreitete.

Der schwarze Storch freute sich über die unerwartete

Begegnung, er fühlte sich müde, verließ endgültig den Zug und senkte sich herab in der Absicht, zu mir zu kommen und mich mit seinen großen Flügeln und seinem langen Schnabel zu trösten. Er gewahrte, wie sehr ich mich über ihn freute, er erinnerte sich an die Zeit, als ich noch ein Kind war und ihn mit lautem Frühlingsgeschrei begrüßte. Er spürte, daß er meine Trauer auftauen ließ. Schüchtern und zartfühlend, wagte er jedoch nicht, näher zu kommen. Er flog nur auf eine bestimmte Weise fort, und ich begriff: Er würde hier in der Nähe bleiben, wir würden von neuem Nachbarn sein, er würde mich an den Frühling erinnern, wir wären nicht allein.

Unter den erlöschenden Sternen waren wir in der tiefen Finsternis vor Tagesanbruch zusammen, der schwarze Storch und ich, wie jedes Jahr, wie immer.

Hier endet das Manuskript. Es würde mich nicht wundern, wenn es der Entwurf für etwas Größeres gewesen wäre, vielleicht hat sich dieser Sonderling angeschickt, nach den erlebten Enttäuschungen seine wunderschöne Statue zu schaffen. Jedenfalls waren auf der Rückseite des letzten Blattes ein paar Fragen notiert, die man so verstehen kann, als ob sie sich auf das geplante Poem beziehen und in etwa die Richtung angaben, nach der es verfertigt werden sollte. Hier sind diese Fragen wörtlich wiedergegeben:

Wenn die Möglichkeiten des Menschen unbegrenzt sind, gibt es wahrscheinlich doch einen Weg zur Verwirklichung des Nichtzuverwirklichenden? Wenn sich beim Storch soviel über den Instinkt verwirklicht, wenn er seinen Weg genau nach den Sternen findet – was ergibt sich daraus für vernunftbegabte Wesen? Die nichtverwirklichten Möglichkeiten haben über Millionen Jahre geherrscht, bis das Unmögliche eines Tages möglich wurde; und ich verstehe nicht nur den Storch, sondern bemühe mich auch, mein eigenes Verstehen zu begreifen; wenn dieses Wunder der Schöpfung geschehen ist, warum soll die ewige Glückseligkeit der Liebe ohne Enttäuschungen in der Zukunft unmöglich sein?

Und ganz am Schluß:

Der Traum eines Schattens ist der Mensch ... Pindar.

An diesem Abend blieben wir noch lange am Ufer sitzen, sammelten gemeinsam Reisig und zündeten ein Feuer an, denn die nächtliche Kühle hatte sich bemerkbar gemacht. Allmählich kam ein Wind auf, der stärker wurde und alles ringsum mit seiner Schaukel wiegte.

Der Alte fuhr mich bis zum Lager, stieg aus, umarmte mich väterlich und küßte mich. Dabei gab er mir das Heft und sagte ganz einfach, er wolle mir etwas zur Erinnerung dalassen. So trennten wir uns.

Seitdem habe ich mir immer wieder vorgenommen, in das Dorf zu fahren und die Geschichte von dem schwarzen Storch nachzuprüfen. Aber jetzt, nach dem Tod des alten Professors, werde ich wirklich hinfahren, um von den Leuten dort zu erfahren, was sie wissen, was von dem Ganzen wahr und was ersonnen ist.

August 1981 *Rosino*

Bibliographische Notiz

Tontscho Shetschew (eigtl. Tontscho Shetschew Tonew), geb. am 6.7.1929 in Schumen, ist in seiner Heimat sowohl als Literaturkritiker und Literaturwissenschaftler als auch als Autor künstlerischer Prosa bekannt. Neben seinen zahlreichen Rezensionen und kritischen Porträts (unter anderem über Dimityr Talew, Dimityr Dimow, Christo Radewski und Nikola Furnadshiew) hat er veröffentlicht:

1964 ›Gestalten und Ideen unserer Tage‹ (Săvremenni obrazi i idei)
1967 ›Ideen der Prosa‹ (Idei na prozata)
1971 ›Kritische Betrachtungen‹ (Kritičeski pogledi)
1975 ›Bulgarische Ostern oder die Leidenschaften der Bulgaren‹ (Bălgarskijat velik den ili strastite bălgarski)
1983 ›Erlebnisse und Reflexionen eines Pygmalion‹ (Istorijata i teoriite na edin pigmalion)
1985 ›Der Mythos von Odysseus‹ (Mităt za Odisej)

ISSN 0433-0153
ISBN 3-378-00159-3

Erste Auflage
Lizenz Nr. 396/265/55/87 LSV 7241
Gesamtherstellung: Offizin Andersen Nexö, Graphischer Großbetrieb, Leipzig III/18/38
Schrift: Garamond-Antiqua
Buchgestaltung: Lothar Reher/Marlies Hawemann
Printed in the German Democratic Republic
Bestell-Nr. 812 172 5
00840